Carolin Philipps
wurde 1954 geboren und ist Gymnasiallehrerin in Hamburg. Sie ist mit einem Vietnamesen verheiratet und hat zwei Kinder. Besonders interessiert ist sie an Themen (auch politisch aktuellen), die Kinder und Jugendliche heute beschäftigen. Für ihren Roman »Milchkaffee und Streuselkuchen« wurde Carolin Philipps der Mentioning Award des UNESCO-Price for Tolerance and Peace 2000 verliehen.

Von Carolin Philipps im Verlag Carl Ueberreuter erschienen:
Milchkaffee und Streuselkuchen (ab 10)
Mai-Linh – Wenn aus Feinden Freunde werden (ab 10)

Carolin Philipps

Weiße Blüten im Gelben Fluss

UEBERREUTER

ISBN 3-8000-5104-4

Umschlaggestaltung von Doris K. Künster
Coverfotos © Sülberg/Künster

Druck: Ueberreuter Print
3 5 7 6 4 2

Ueberreuter im Internet: www.ueberreuter.at

Das Leben kann man nur
rückwärts verstehen,
aber man muss es vorwärts leben.

(Søren Kierkegaard)

1

Verzweifelt wirbelte Lea mit den Armen in der Luft herum, um den Aufprall abzumildern. Trotzdem schlug sie ziemlich hart auf dem gestampften Lehmboden auf. Da saß sie nun und rieb sich stöhnend den Rücken. Von oben sahen die erschreckten Gesichter der umstehenden Menschen auf sie herunter. Hilfreiche Hände streckten sich ihr entgegen, als ob sie im Zoo in den Raubtierkäfig gefallen wäre und jeden Moment von einem hungrigen Löwen zum Abendessen verspeist würde.

Dabei lag sie doch nur im nachgebauten Grab des ersten chinesischen Kaisers, mitten zwischen den berühmten Tonsoldaten, der Hauptattraktion der großen Museumsausstellung.

Mit wackligen Knien stand sie auf. Neben ihr erhoben sich die 1,80 m großen Figuren der Terrakotta-Armee in voller Kriegsausrüstung. Lea kam sich mit ihren 1,52 m noch kleiner vor als sonst schon. Ohne eine Miene zu verziehen schauten die Soldaten weiter geradeaus. Jede Figur hatte einen anderen Gesichtsausdruck. Es gab Gesichter mit Schnurrbärten oder langen Bärten, manche hatten zusammengezogene Brauen und einen zornigen Blick, andere schauten nachdenklich oder sogar verschmitzt und fröhlich aus.

»Für Besucher ist es verboten, in die Gänge zu den Figuren zu steigen!« Ein empörter Wärter schaute zu Lea herunter. »Kaum dreh ich mich mal um, schon wird es ausgenutzt.

Wenn das jeder machen würde, hätten wir nur noch Scherben. Jetzt mach, dass du nach oben kommst. Hoffentlich hast du nichts zerbrochen.« Er streckte ihr die Hand hin.

»Jemand hat mich geschubst. Ich bin bestimmt nicht freiwillig heruntergefallen. Ich steh nämlich nicht auf blaue Flecken!«, fauchte ihn Lea wütend an. Sie ignorierte die Hand des Wärters und kletterte auf allen vieren nach oben.

»Na, wenigstens bist du nicht verletzt.« Der Wärter sah Lea, die sich den Staub von der Kleidung klopfte, erleichtert an. »Aber geh das nächste Mal nicht so nah an das Geländer. Bei dem Gedränge ist das gefährlich. Man kann leicht abstürzen.«

Danke für die Warnung, dachte Lea, auch wenn sie zu spät kommt. Aber wenigstens hatte sie auf diese Weise einen ganz seltenen Blick auf die Tonsoldaten gehabt. Und da sie im Auftrag der Schülerzeitung einen Artikel über diese Ausstellung schreiben sollte, würde das einen tollen Aufhänger geben. Ein guter Journalist nutzt eben auch missliche Situationen als Schreibanlässe, dachte sie zufrieden, holte aus ihrem Rucksack ihren Schreibblock und einen Bleistift und stellte sich dicht vor eine der riesigen Tafeln, die die Geschichte der Figuren erzählten.

Seufzend fing sie an zu lesen. Bis morgen Früh musste der Artikel fertig sein, damit er auf der morgigen Redaktionssitzung abgesegnet werden und dann in der nächsten Ausgabe der Schülerzeitung erscheinen konnte.

Hatte sie anfangs noch Sorge gehabt, dass sie zu wenig Stoff haben würde, so ertrank sie nun fast in der Fülle der Informationen, die sie vorfand:

Es ging um den ersten chinesischen Kaiser Shi Huang Di, der von 259–210 v. Chr. gelebt hatte und als Erster die vielen Einzelstaaten zu einem riesigen Reich einte. Jedes Kind in China kennt seinen Namen und die vielen Geschichten, die aus seinem Leben erzählen.

So heißt es, dass er von Jugend an verzweifelt nach den Kräutern gesucht hat, die der Sage nach Unsterblichkeit verleihen sollten. Jahrelang schickte er eine Expedition nach der anderen los, um in den Bergen am östlichen Meer danach suchen zu lassen. Vergeblich.

Schließlich musste der Kaiser einsehen, dass selbst er, der mächtigste Mann seiner Zeit, eines Tages würde sterben müssen.

Geahnt hatte er das wohl schon früher, denn parallel zu seiner Suche nach der Unsterblichkeit begann er kurz nach seiner Thronbesteigung mit dem Bau einer gigantischen Grabanlage. Und da er nicht wusste, was ihn nach dem Tod erwartete, ließ er eine über 8000 Mann starke Terrakotta-Armee erschaffen, die ihn im Jenseits beschützen sollte.

Leas Bleistift flog über den Block. Armer Kerl!, dachte sie. Da besitzt er alle Reichtümer der Welt, ist Herr über Leben und Tod von Hunderttausenden und kann das alles nicht richtig genießen, weil er so große Angst vor dem eigenen Sterben hat.

2000 Jahre später schauten 700 von diesen Soldaten starr und ohne eine Miene zu verziehen auf die endlosen Reihen von Besuchern, die an ihnen vorbeizogen: Die Vorhut der Armee, die man wieder ausgegraben hatte und deren Nachbildungen man jetzt in der ganzen Welt zeigte.

Immerhin war die Tonarmee schon über 2000 Jahre alt und galt neben den ägyptischen Pyramiden, den Gärten der Semiramis in Babylon und anderen Bauwerken aus der Antike als das achte Weltwunder.

1974 waren Bauern in der Nähe des Dorfes Xiyang in der chinesischen Provinz Shaanxi beim Bau eines Brunnens auf Tonscherben gestoßen. Das war im Laufe der Jahrhunderte an dieser Stelle immer wieder passiert. Mal waren es Scherben, dann ein tönernes Bein oder gar ein Kopf. Die abergläubischen Bauern hatten ihre Funde aber immer gleich wieder vergraben, begleitet von Zauberformeln zur Abwehr der bösen Geister.

Diesmal brachten die Bauern ihren Fund in die nächste Kreisstadt, wo er Aufsehen erregte. Herbeigeeilte Archäologen stellten fest, dass die Scherben seit 2000 Jahren in der Erde gelegen hatten und offenbar zur Grabanlage des ersten chinesischen Kaisers gehörten. Sie fingen an zu graben und seitdem machte man dort täglich neue Funde, die die Welt begeisterten.

Mit ihrem Notizblock in der Hand wanderte Lea von Vitrine zu Vitrine. In einem Raum des Museums zeigte ein Film Bilder von der Fundstelle in China. In Spielszenen wurde nachgestellt, wie man sich den Bau des Grabes vorzustellen hatte: Auf einer Fläche von mehr als 50 km^2 hatten 700 000 Arbeiter 38 Jahre lang an der Grabanlage gearbeitet, die wie ein Palast ausgebaut und mit kostbaren Schätzen gefüllt wurde. Um die Grabstätte vor Plünderungen zu schützen, baute man verdeckte Schießscharten, aus denen Pfeile auf mögliche Grabräuber gerichtet waren. Der Abschuss erfolgte automatisch.

Auf dem Fußboden dieser Grabstätte war eine Karte Chinas abgebildet, auf der die Flüsse und Seen mit Quecksilber markiert waren, und an der Decke sah man den Himmel mit Sonne, Mond und Sternen.

Bevor man die 115 Meter dicke Erdschicht über dem Grab aufgetürmt hatte, waren Tausende Kerzen angezündet worden. Sie waren aus menschlichem Fett und Tran gefertigt worden, damit sie besonders lange brannten. Alle kaiserlichen Konkubinen, die Shi Huang Di kein Kind geboren hatten, wurden lebendig mit ihm begraben. Ebenso die Architekten und die Erbauer der Schießanlagen.

Als die Besucher am Schluss des Filmes den Raum verließen, blieb Lea sitzen. Wie immer, wenn sie etwas über

China hörte oder einen Film sah, hatte sie ein Grummeln im Bauch. Die Reisfelder, der Fluss mit den Wasserbüffeln, die lachenden Menschen, es war ihr auf sonderbare Weise unendlich vertraut und doch wieder so fremd. Sie wartete, bis der Film erneut gezeigt wurde.

Das Grab des chinesischen Kaisers lag südlich des Flusses Wei, eine gute Flugstunde von der chinesischen Hauptstadt Beijing, die man in Europa Peking nannte, entfernt. Beijing, wo sie vor 16 Jahren geboren wurde.

Das war aber schon alles, was sie über ihr Leben in China wusste. In welcher Straße, in welchem Krankenhaus sie geboren wurde, niemand kannte die Einzelheiten. Wie waren ihre Eltern gestorben? Hatte sie Geschwister? Sie wusste es nicht. Und es gab niemanden, den sie fragen konnte.

Fest stand nur, dass sie in einem Waisenhaus am Rande der Stadt gelebt hatte, bis sie von Hanne und Jost Kaufmann adoptiert wurde und nach Deutschland kam.

Lea Kaufmann. Hatte sie jemals einen chinesischen Namen gehabt? Lea wusste es nicht und ihre Adoptiveltern auch nicht.

Lea musste lachen, wenn sie an die vielen verblüfften Gesichter dachte, die ihr Name in Zusammenhang mit ihrem asiatischen Äußeren schon ausgelöst hatte. Egal wo sie aufgerufen wurde, jeder schaute erstaunt, wenn sich herausstellte, dass zu dem deutschen Namen ein Mädchen mit schwarzen Haaren und Schlitzaugen gehörte.

Noch erstaunter waren alle, wenn Lea redete: Ohne zu stocken sprudelten die deutschen Worte aus ihr heraus, akzentfrei mit einem Wortschatz, der größer war als bei den meisten Gleichaltrigen.

Chinesisch dagegen konnte sie weder sprechen noch verstehen und schon gar nicht lesen oder schreiben. Als sie acht war, hatten ihre Eltern, die lange Zeit in Beijing gearbeitet hatten und selber ein wenig chinesisch sprachen, sie in der chinesischen Schule angemeldet, wo sich an jedem Samstagmorgen die Kinder von Auslandschinesen trafen, um die Sprache ihrer Eltern zu lernen.

Lea hatte es dort von Anfang an nicht gefallen. Sie verstand nicht, warum sie eine Sprache lernen sollte, die sie gar nicht brauchte. Die anderen Kinder würden irgendwann einmal mit ihren Eltern nach China zurückkehren und dort zur Schule gehen oder ihre Großeltern besuchen. Für sie machte es Sinn. Außerdem sprachen sie zu Hause in der Familie chinesisch.

Lea kannte niemanden in China. Sie wusste, dass ihre richtigen Eltern tot waren und Hanne und Jost sie adoptiert hatten. Zu Hause sprachen sie deutsch. So weigerte Lea sich, die merkwürdigen Zeichen der fremden Sprache zu lernen, und ihre Eltern gaben den Versuch ziemlich schnell auf.

Inzwischen war Lea sechzehn, ging in die 10. Klasse des städtischen Gymnasiums und schrieb seit einem halben Jahr Artikel für die Schülerzeitung, Spezialgebiet: auswärtige Nachrichten. Sie hatte sogar schon einen Preis für einen Artikel über die Kindersoldaten in Afrika gewonnen. Es machte ihr Spaß, zu recherchieren und zu schreiben, selbst wenn es jedes Mal kurz vor der Abgabe der Artikel einen Riesenstress gab.

»Das ist normal!«, tröstete sie ihr Vater, der als Journalist die gleichen Erfahrungen machte. »Egal wie früh du anfängst. Am Ende läuft dir die Zeit immer davon.«

Eigentlich war Lea für diese Ausstellung gar nicht zuständig, aber Luca, der sich um die Kultur kümmerte, lag krank im Bett und so war Lea eingesprungen, weil sie die Ausstellung ohnehin sehen wollte.

Noch vor einem Jahr wäre sie nicht freiwillig hingegangen. China und alles, was damit zu tun hatte, hatte sie nie besonders interessant gefunden. Ob sie nun in Beijing,

New York oder Toronto geboren war, was spielte das schon für eine Rolle? Sie war hier mitten in Hamburg aufgewachsen und hier gehörte sie hin. Und wie bei ihren Klassenkameraden waren eher Paris, London und Prag die Ziele ihrer Reiseträume.

Aber dann war da diese Projektwoche in der Schule gewesen. Eigentlich wollte Lea den Grundkurs Fotografieren belegen, doch der war überfüllt, und so entschied das Los, dass sie an dem Literaturprojekt zu dem Thema »Wer bin ich? Woher komme ich?« teilnehmen sollte.

Goethe, Schiller, Schopenhauer, Nietzsche, offenbar hatte jeder einigermaßen bekannte Dichter und Philosoph sich in Gedicht, Ballade, Drama oder Prosatext schon Gedanken über die eigene Herkunft gemacht.

Und am Ende der Projektwoche wusste Lea von allen, woher sie kamen und wer sie waren. Was blieb, war die Frage, woher sie selber kam und wer sie eigentlich war.

Lea recherchierte gerne und so hatte sie sich auf die Suche nach einer Antwort über sich selber gemacht. Sie hatte angefangen Bücher über China, über die alte und neue Geschichte, über Mao, Konfuzius und Buddha zu lesen. Sie sah sich jeden einschlägigen Film im Fernsehen an und besuchte jede noch so kleine Ausstellung über China.

Ein letztes Mal schritt sie an den Reihen der Soldaten vorbei. Der rechte in der vorletzten Reihe schien ihr zuzuzwinkern und Lea zwinkerte zurück. Irgendwie waren der tote Kaiser und seine Soldaten ein Teil von ihr. Jedenfalls fühlte sie sich ihnen mehr verbunden, als das bei den anderen Touristen, die immer noch staunend vor dem achten Weltwunder aus der Vergangenheit Chinas standen, jemals sein konnte.

2

»Ja, das waren aufregende Zeiten, damals, als sie die Figuren gefunden haben! Ich war froh, dass ich eine Genehmigung bekommen hatte. Das war nämlich zu der Zeit noch nicht selbstverständlich«, sagte Jost Kaufmann und steckte sich genüsslich die letzte Gewürzgurke in den Mund.

»Ich weiß noch genau, wie wir die chinesischen Behörden mit unseren Anfragen genervt haben«, ergänzte die Mutter. »Erst als wir schon aufgeben wollten, rückten sie endlich damit heraus.«

Lea sah verwundert von einem zum anderen.

»Wovon redet ihr eigentlich? Was für eine Genehmigung?«

»Zum Filmen. Ich gehörte zu den wenigen Journalisten, die nach Xi'an zu den Ausgrabungen reisen durften um zu filmen. Das war der Hammer! Eine einmalige Chance.«

»Du hast die Tonsoldaten im Original gesehen? Du warst an der Ausgrabungsstelle?? Davon hast du nie etwas erzählt.«

Lea glaubte sich verhört zu haben. Sie kannte die Geschichten über seine Zeit in China 1988 auswendig, so oft hatte er sie erzählt. Wie er und ihre Mutter zwei Jahre lang in Beijing gelebt hatten, welche Ausflüge in die Umgebung sie unternommen hatten, mit welchen Leuten sie sich getroffen hatten. Die Zeit in China war für ihre Eltern ein Highlight und der Beginn der journalistischen Karriere ihres Vaters gewesen.

Warum hatte er früher nie von seiner Reise nach Xi'an gesprochen?

Sie saßen beim Abendessen und Lea hatte gerade begeistert von der Ausstellung erzählt. Da war ihrem Vater auf einmal eingefallen, dass er die Figuren bereits gesehen hatte, und zwar vor Ort an der Ausgrabungsstelle in China.

»Warum habt ihr mir nichts davon erzählt? Wir hätten doch gemeinsam in die Ausstellung gehen können. Ihr wusstet doch, dass ich heute hingehen wollte.«

Etwas verlegen schaute der Vater ihre Mutter an, die den Kopf fast unmerklich schüttelte.

»Weißt du«, begann die Mutter. »Wir haben so viel gesehen in dieser Zeit. Man kann wirklich nicht alles behalten. Wir haben dir viel erzählt, aber natürlich längst nicht alles ... Komm, lass uns den Tisch abräumen, ich muss noch arbeiten.«

Schweigend räumten sie das Geschirr in die Spülmaschine.

»Wenn ihr hingeht, dann möchte ich noch mal mitkommen. Ich würde gerne ...«

»Ich weiß nicht, ob ich die Zeit finden werde«, unterbrach sie der Vater. »In der Redaktion liegt so viel an.« Mit diesen Worten setzte er sich in seinen Sessel und holte die Zeitung hervor.

»Ich schaffe es wohl auch nicht«, sagte die Mutter.

»Interessiert es dich denn gar nicht, was sie inzwischen Neues herausgefunden haben? Mit diesen Tonfiguren sind bestimmt auch viele schöne Erinnerungen verbunden.«

»Erinnerungen«, sagte die Mutter und schien in Gedanken ganz weit wegzufliegen. »Mit den Erinnerungen ist das so eine Sache.« Und damit ging sie in ihr Arbeitszimmer.

Lea stand noch für einen Moment da und dachte über das merkwürdige Verhalten ihrer Eltern nach. Sie betrachtete die raschelnde Zeitung, hinter der sich ihr Vater ganz offensichtlich versteckte, um keine Fragen mehr beantworten zu müssen.

Sollte sie ihn bitten, ihr bei dem Artikel zu helfen? Immerhin war er bei den Ausgrabungen dabei gewesen und hatte bestimmt jede Menge Ahnung vom ersten Kaiser. Aber irgendwie schien er nicht darüber reden zu wollen.

Also nahm sie ihren Block mit den Notizen und setzte sich in ihrem Zimmer an den Computer. Es dauerte länger als sonst. In Gedanken war sie immer noch beim Abendessen. Jeden noch so kleinen Steindrachen, jede Götterfigur, jeden Tempel, den sie in China gesehen hatten, hatten die Eltern ihr in allen Einzelheiten beschrieben und auf Fotos gezeigt. Aber die Tonfiguren, die ja immerhin zum Weltkulturerbe gehörten, hatten sie einfach vergessen zu erwähnen?

Ziemlich unwahrscheinlich!

Zwei Stunden später stand sie mit dem fertigen Artikel in der Hand wieder im Wohnzimmer. Jost saß immer noch im Sessel, die aufgeschlagene Zeitung auf dem Schoß. Er schnarchte leise.

Als Lea ihn vorsichtig am Arm berührte, wachte er mit einem Ruck auf.

»Kannst du dir das mal durchlesen?«

Verwirrt blinzelte er sie an.

»Meinen Artikel über die Ausstellung.« Lea hielt ihm den Computerausdruck unter die Nase.

Er rückte seine Brille zurecht und fing an zu lesen.

Sie waren ein gutes Team. Jeden Artikel, den Lea für die Schülerzeitung schrieb, las er, bevor sie ihn abgab. Er verbesserte ihren Stil, half beim Aufbau oder gab fachliche Ratschläge. So auch diesmal.

»Liegt die Grabstelle nun südlich oder nördlich des Flusses Wei?«, brummelte er vor sich hin.

»Keine Ahnung! Ich war ja nie da. Ich meine, es stand

so auf der großen Tafel. Aber ich kann das auch weglassen.«

Lea war enttäuscht. Mehr hatte er nicht zu ihrem Artikel zu sagen? Keine Ergänzungen? Immerhin hatte er die Figuren im Original gesehen.

Jost sah sie vorwurfsvoll an. »Du willst die Ortsangabe weglassen? Ein verantwortungsvoller Journalist kann nicht alles weglassen, was er nicht weiß. Schreiben ist das eine Standbein, recherchieren das andere. Du musst so nahe wie möglich an die Wahrheit kommen, sonst taugt dein Artikel nichts.«

Lea seufzte. Das konnte noch ein langer Abend werden. Jost war bekannt dafür, dass er jede Kleinigkeit sehr gründlich erforschte. Wahrscheinlich war das auch das Geheimnis seines Erfolges. Andererseits war sie froh, dass er auf einmal doch bereit war über die Tonsoldaten zu reden. Vielleicht war sie einfach zu empfindlich gewesen. Vielleicht hatten ihre Eltern ja wirklich nur vergessen davon zu erzählen.

Sie folgte ihm in sein Arbeitszimmer, wo er vor dem Regal mit der Aufschrift *China* stehen blieb. Mit Hilfe seines Schreibtischstuhls holte er vom obersten Regal eine Karte, setzte sich auf den Fußboden und breitete sie aus.

Lea hockte sich neben ihn. Orte und Flüsse waren mit chinesischen Zeichen beschriftet, die ihr gar nichts sagten.

»Die Karte habe ich damals gekauft, bevor ich nach Xi'an flog«, erklärte der Vater. »Hier ist Beijing und hier die Provinzhauptstadt Xi'an. Und da haben wir das Taxi gemietet, mit dem wir zur Grabanlage gefahren sind. Wang hieß unser Taxifahrer. Wir haben ihm Englisch beigebracht und er hat unser Chinesisch verbessert ... Hier das rote Kreuz, das ist es. Du hast Recht. Die Grabanlage liegt südlich vom Fluss.«

Neugierig betrachtete Lea die Karte. Sie erkannte vieles

wieder, was sie in ihrem Artikel beschrieben hatte: den Berg Li, wo man Gold und Jade gefunden hatte, den Gelben Fluss, der sich über tausend Kilometer durch das Landesinnere bis zur Hafenstadt Shanghai schlängelte. Nicht weit von dem ersten Kreuz, ein wenig abseits der Hauptstraße in den Bergen, entdeckte sie ein zweites Kreuz mit einem Kreis drum herum.

»Was ist das hier? Dieses Kreuz?« Sie pikste mit dem Finger in den Kreis.

Jost zögerte. Er hatte plötzlich wieder den gleichen unsicheren Ausdruck im Gesicht wie beim Abendessen.

»Ist das auch eine Ausgrabungsstelle?«

»Nein ... das hat mit dem Kaiser nichts zu tun.«

»Aber warum hast du ein Kreuz gemacht? Da muss doch was Wichtiges passiert sein.«

»Es ist ... ein Dorf ... Einfach nur ein Dorf, wo wir durchgefahren sind.«

»Und was war in dem Dorf?«

»... eigentlich nichts Besonderes. Ich glaube ... ach ja, da war die alte Papiermühle. Wir wollten nur mal ... also, für einen Journalisten ist es interessant ... so eine Papiermühle ... sie machen immer noch Papier auf die alte Art ... und dann das Dorfleben ... ich meine, so abseits der Hauptwege, da wo ... also, da wo sich das Leben abspielt.«

Noch nie hatte sie ihn so herumstottern hören. Er tat ihr irgendwie Leid, aber noch mehr war sie wütend und traurig, weil er sie so offensichtlich anlog und glaubte, sie würde es nicht merken.

Er wollte die Karte zusammenfalten, Lea legte ihre Hand darauf.

Er holte tief Luft und sagte langsam, als müsste er sich jedes Wort gut überlegen: »Deine Mutter und ich ...«

»Mam war auch da?«

»Natürlich, sie wollte unbedingt die Tonsoldaten sehen.

Das war die Sensation damals und wir waren vor Ort. Wir sind beide für zehn Tage runtergeflogen. Es ist ja nur eine Flugstunde von Beijing.«

»Wann wart ihr da? Warum erzählst du nicht mehr?«

»1988. Anfang August. Ich weiß das noch genau. Am 5. sind wir hingeflogen und am 18. wieder zurück. Mit …« Erschrocken brach er ab.

»Mit was?«

»Mit … mit unheimlich vielen neuen Eindrücken und verknipsten Filmen. Zehn Stück. Zum Teil Superaufnahmen. Mein Bericht, den ich über die Ausgrabungen geschrieben habe, hat Aufsehen erregt. Er wurde sogar in den amerikanischen Zeitungen abgedruckt. Es war ein Riesenerfolg damals. Der Beginn meiner Karriere … Ich …«

Ein Riesenerfolg? Die Tonsoldaten standen am Beginn seiner Karriere? Und warum hatte sie bis heute nichts davon gewusst? Was war so geheimnisvoll daran?

Außerdem stimmte das Datum nicht. Der 14. August galt als ihr Geburtstag, den sie jedes Jahr feierte. An welchem Tag sie wirklich geboren war, wusste niemand. Da nun aber jeder Mensch einen richtigen Geburtstag haben musste, hatten ihre Eltern den Tag zum Geburtstag erklärt, an dem sie Lea aus dem Waisenhaus in Peking abgeholt hatten. So hatten sie es zumindest erzählt.

Aber vielleicht stimmte das ja auch nicht mehr.

»Ich dachte, am vierzehnten August war der Tag, an dem ich zu euch gekommen bin? Wie könnt ihr da in Xi'an gewesen sein?«

»Also, am vierzehnten, na klar … dein Geburtstag. Das geht dann natürlich nicht.«

Wieder dieser unsichere Blick. Lea konnte sich nicht erinnern, ihn jemals vorher bei ihrem Vater gesehen zu haben.

»Jetzt fällt es mir wieder ein. Das war der vierzehnte. Davor muss es gewesen sein, ich meine die Fahrt nach Xi'an.«

Lea hätte ihn am liebsten in den Arm genommen. Es tat weh, ihn so zu sehen. Sie sollte besser aufhören zu fragen. Aber dann siegte die Wut, die Wut darüber, dass er immer mehr Lügen hervorbrachte. Und so fragte sie weiter.

»Ich verstehe immer noch nicht, warum ihr nie von den Figuren erzählt habt. Wenn sie für euch doch so wichtig waren.«

Jost schwieg. Geschäftig faltete er die Karte zusammen und stand auf.

Auch das kannte Lea nicht von ihm. Er hatte ihre Fragen immer beantwortet, oft sogar ausführlicher, als es nötig war. Sie konnte sich nicht erinnern, dass er jemals aufgestanden war und ein Gespräch beendet hatte, solange nicht alle Fragen restlos geklärt waren.

Das Telefon klingelte. Sichtlich erleichtert ging Jost zu seinem Schreibtisch und nahm den Hörer ab. Sonst war ihm sein freier Abend heilig und er hasste es, abends noch zu telefonieren. Heute schien er sich darüber zu freuen.

»Kann ich ihn so abgeben?«, rief sie ihm nach.

»Wen? – Ach so, deinen Artikel ... ja, ja ... ist so weit in Ordnung ...«

Im Hinausgehen steckte sie die chinesische Karte ein. Jost stand mit dem Rücken zu ihr und merkte es nicht einmal, so sehr war er in sein Gespräch vertieft.

Josts Verbesserungsvorschläge waren an diesem Abend schnell in ihren Artikel eingearbeitet, denn viele hatte er ja diesmal nicht gemacht.

Als sie die Karte zur Seite legen wollte, fielen ihr die chinesischen Schriftzeichen auf der Rückseite auf. Zum ersten Mal ärgerte sich Lea, dass sie nicht ein einziges Wort lesen konnte. Wenn sie sich auch seit einigen Monaten für alles Chinesische interessierte, an die Sprache hatte sie sich bisher nicht herangetraut.

Am nächsten Morgen fragte sie ihre Mitschülerin Christin Chung. Ihr Vater war Chinese und Christin besuchte neben der deutschen Schule an zwei Tagen in der Woche nachmittags die chinesische Schule.

»Nichts Geheimnisvolles«, sagte sie nach einem Blick auf die Schriftzeichen. »Nur ein Ortsname und eine Adresse.«

Der Name war der des Dorfes auf der Karte, wo abseits der Hauptstraße das zweite rote Kreuz war.

»Was wollten deine Eltern dort in den Bergen? Mein Vater sagt, es war Ausländern damals nicht erlaubt, auch nur einen Millimeter von der vorgeschriebenen und genehmigten Route abzuweichen.«

»Keine Ahnung. Er wollte es nicht sagen. Er hat nur erzählt, dass der Taxifahrer Wang hieß und sie dort hingefahren hat. Da soll es 'ne alte Papiermühle geben.«

»Vielleicht haben dort Freunde deiner Eltern gewohnt oder dieser Taxifahrer. Oder dein Vater wollte einfach nur eine Reportage machen. China als Wiege der Papierherstellung«, meinte Christin schließlich. »Was Weltbewegendes kann er nicht gefunden haben. Von dem Dorf hab ich noch nie was gehört. Warum machst du dir so viele Gedanken? Denk mal positiv. Das ist alles lange her und hat nichts mit dir zu tun.«

»Vielleicht nicht, vielleicht aber doch!«, sagte Lea und steckte ihre Karte ein. Irgendwas stimmte nicht und sie würde es herausfinden. Wie hatte Jost erst gestern gesagt? Recherchieren war das andere Standbein des Journalisten. Gut, das konnte er haben. Schließlich hatte sie eine Menge von ihm gelernt.

3

Leas Artikel, den das Redaktionsteam einstimmig als Titelstory gewählt hatte, wurde ein großer Erfolg. In den Pausen sprachen sie Lehrer und Schüler an. Bei den Schülern kam ihr unfreiwilliger Sturz in den Graben zwischen die Soldaten besonders gut an. Die Lehrer dagegen nutzten den Artikel als Aufhänger für einen historischen und geographischen Chinaexkurs. Es wurde sogar überlegt, eine Arbeitsgemeinschaft zum Erlernen der chinesischen Sprache einzurichten.

Einige Klassen begaben sich mit ihren Lehrern zu der Ausstellung, andere Schüler besuchten sie mit ihren Eltern. Der erste Kaiser, von dem 2000 Jahre lang kaum einer etwas gewusst hatte, war auf einmal in aller Munde.

Lea war stolz, dass ihr Artikel das alles ausgelöst hatte. Oft wurde sie gleichsam als Expertin für chinesische Geschichte befragt und ärgerte sich dann, wenn sie keine Antwort wusste. Sie war ja auch keine Expertin, im Gegenteil, ihr Interesse für China war erst seit kurzem erwacht.

Bislang war es ihr oft unangenehm gewesen, durch ihr Äußeres aufzufallen. Sie hätte lieber blonde oder hellbraune Haare gehabt so wie die anderen. Einmal hatte sie sich die Haare blond gefärbt, aber das war ein Reinfall gewesen. Den Spott ihrer Mitschüler hätte sie noch ertragen, wenn sie sich wenigstens selber gefallen hätte. Aber sie fand sich scheußlich, wie jemand, der in der falschen Haut steckt.

»Du bist eben etwas ganz Besonderes, Einmaliges.« Mit diesen Worten hatten die Eltern sie oft versucht zu trösten, wenn sie auf dem Spielplatz oder in der Schule wegen ihrer »Schlitzaugen« ausgelacht worden war.

Geholfen hatte es wenig, denn wer wollte schon einmalig sein, wenn das bedeutete ausgelacht zu werden. Jetzt war sie zum ersten Mal froh Teil dieses Chinas zu sein, dessen Geschichte und kulturelle Leistungen von allen bewundert wurden.

Zu Hause bestand sie darauf, einen Reiskochtopf zu kaufen, und überraschte ihre Eltern mit selbst gedrehten Frühlingsrollen.

Ihre Eltern, die sie normalerweise immer unterstützten, betrachteten nun ihre »asiatische Phase«, wie ihr Vater das nannte, mit gemischten Gefühlen. Vor allem als Lea anfing ihre eigene Geschichte zu erforschen.

»Ich möchte wissen, woher ich komme. Gibt es denn keine Hinweise, wo meine Eltern gelebt haben? Aus welchem Dorf sie kamen? Oder haben sie bis zu ihrem Tod in Peking gelebt? Wieso sind beide gleichzeitig gestorben? Es muss doch noch Tanten und Onkel geben. In China leben die Leute in Großfamilien. Christin Chung sagt, sie versteht nicht, warum man mich in ein Waisenhaus gegeben hat. Das ist ganz ungewöhnlich, meint ihr Vater. In China gibt es kaum Waisenhäuser, weil die Großfamilie so ein Kind aufnimmt.«

Doch auf ihre Fragen schwiegen die Eltern. Auch das passierte zum ersten Mal. Es hatte immer Antworten gegeben. Nicht alle hatten Lea zufrieden gestellt, aber dass ihre Fragen ohne jede Antwort blieben, das kannte sie nicht. Bis jetzt. Wussten sie nichts oder wollten sie nichts sagen? Von Mal zu Mal wuchs das Misstrauen in Lea.

Die Eltern erzählten, wenn auch nur ungern, ein weiteres Mal die Geschichte von Leas Waisenhausaufenthalt in

Beijing. Wie sie eines Tages hingekommen und sie dort gefunden und nach Deutschland gebracht hatten.

»Das Kinderheim hat doch eine Adresse. Man kann die Leute dort anschreiben und fragen.«

Der Vater schüttelte den Kopf. »Glaub mir, Lea, das ist nicht so einfach, wie du denkst. Wir wissen nicht einmal, ob es überhaupt noch existiert. Es war klein, praktisch nur ein Haus mit zwei Betreuern und ein Dutzend Kindern.«

Lea schaute ihn verwundert an. Hatte er nicht früher erzählt, wie groß das Heim gewesen war? Und die vielen Kinder, die dort herumtobten. Wo waren sie auf einmal? Und dann in dem Bettchen in dem großen Schlafsaal sie selber, das kleine Mädchen, das sie anlächelte.

»Es war Liebe auf den ersten Blick«, hatte die Mutter erzählt, und es war gerade dieser Teil der ganzen Geschichte, den Lea so liebte. »Wir sahen dich und wussten, dass wir dich wollten.«

Alles Lüge?

»Da musst du etwas falsch verstanden haben.« Unsicher schaute die Mutter zum Vater.

Lea hasste diese Blicke, die sie sich seit neuestem zuwarfen. Blicke, die ihr sagten, dass etwas faul war. Blicke, die etwas vor ihr verheimlichen wollten.

»In China hat sich in den letzten Jahren alles rasant verändert. Das, was wir kannten, ist wahrscheinlich längst den Baggern zum Opfer gefallen. Man sagt, ein wahrer Bauboom ist ausgebrochen, um China modern zu machen«, versuchte die Mutter zu erklären.

»Und die Polizei? Haben die keine Protokolle über den Tod meiner Eltern? Man könnte doch die Polizei anschreiben. Du kennst sicher noch jemanden von früher.«

Was war nur los mit ihnen? Ihren Vater hatten so aussichtslose Recherchen immer gereizt. Er lief in solchen Fällen zu seiner Höchstform auf. Und er hatte immer etwas herausgefunden. In seiner Redaktion galt er deshalb als die Spürnase für solche Fälle wie diesen hier.

Und jetzt saß er da, schüttelte nur den Kopf und sagte: »Lea, Deutschland ist nicht China! Wir wissen nicht einmal, woher deine Eltern kamen und ob sie bei einem Unfall gestorben sind. Auf den kleinen Dörfern führt man keine Polizeiprotokolle.«

»Ich dachte, es war in Beijing?«

»Warum willst du das auf einmal wissen? Was ist los mit dir? Bist du nicht zufrieden? Ist es nicht egal, wie deine Eltern gestorben sind? Du bist hier, bei uns.«

Sie hatten ja Recht und Lea konnte auch nicht erklären, warum es auf einmal so wichtig war, zu wissen, wo sie herkam und was passiert war, als sie noch in China lebte. Sie konnte nicht erklären, warum sie das Gefühl hatte, dass ihre Eltern viel mehr über ihre Geschichte wussten. Dinge, die sie selber auch wissen sollte, die sie aber nicht sagen wollten.

So fragte sie nicht weiter, doch das ungute Gefühl blieb und der feste Vorsatz, mehr darüber herauszufinden, selbst wenn es Jahre dauern würde.

In den nächsten Wochen schrieb Lea weitere Artikel über Marco Polo und seine Reisen von Venedig nach China im 13. Jahrhundert. Papiergeld, kostbare Seide, Lackarbeiten, die Buchdruckerkunst, der Kompass, das Schießpulver, all das gab es in China, lange bevor die Europäer es für sich entdeckten, bevor es von China nach Europa gebracht wurde.

Zu Hause vermied sie alles, was mit China zu tun hatte. Auch ihre Artikel zeigte sie ihrem Vater nicht mehr. Sie gab sie ab, ohne dass er sie verbessert hatte. Es tat weh, dass er sich nicht einmal wunderte oder nachfragte.

Als die große Ausstellung über die Seidenstraße im Völkerkundemuseum eröffnet wurde, meldete Lea sich freiwillig für eine Reportage.

»Hey, hallo! Das ist mein Gebiet!«, protestierte Luca, der nach Wochen endlich wieder gesund war und Leas Erfolg mit gemischten Gefühlen beobachtete. »Seidenstraße. Das hat was mit Kultur zu tun. Da bin ich dran. Du hast mir schon die Ausstellung über den chinesischen Kaiser weggenommen.«

»Du warst krank. Schon vergessen?« Lea war empört. »Ich wollte dir einen Gefallen tun.«

Luca lachte hämisch. »Das hat man gesehen. Du hattest einen Riesenerfolg, aber mir wolltest du einen Gefallen tun. Den hast du dir doch wohl selber getan.«

»Bist du jetzt neidisch oder was ist los?«

»Neidisch auf dich? Spinnst du? Hab ich doch nicht nötig.«

»Jetzt hört auf zu streiten. Ihr seid beide gut, aber mit China kennt Lea sich besser aus«, sagte Boris. »Die Zeitung mit ihrem Artikel hat sich doppelt so gut verkauft wie die davor.«

Die anderen nickten und Luca musste sich geschlagen geben, was er überhaupt nicht gewohnt war und darum hasste. Das bekam vor allem Lea in den nächsten Tagen zu spüren.

Anfangs dachte sie sich nichts dabei. Luca war manchmal etwas merkwürdig. Es gab Tage, da konnte er ohne Ende herumalbern, war witzig und brachte alle zum Lachen. Dann wieder gab es Tage, da versank er in tiefste Depressionen. Er müffelte jeden an, der ihn ansprach.

Wenn sich das Zeitungsteam an solchen Tagen traf, waren seine Kommentare gefürchtet. Mit beißendem Spott zerriss er die Artikel der anderen. Meistens hatte er Recht mit seiner Kritik, wie selbst die Betroffenen zähneknirschend eingestehen mussten. Aber Kritik konnte man ja auch anders verpacken. Mehr aufbauend und nicht so verletzend.

»Worte sind die stärksten Waffen der Menschen!, sagt ein altes Sprichwort«, meinte Luca dann und genau so benutzte er seine Worte. Jeder im achtköpfigen Redaktionsteam war schon mindestens einmal Opfer seiner sprachlichen Angriffe geworden. Jeder – außer Lea.

Warum er sie schonte, wusste niemand genau. Vielleicht ahnte er, dass ihre Artikel bereits durch die kritischen Hände von Leas Vater, einem der bekanntesten Journalisten der Stadt, gelaufen waren. Jedenfalls gingen Leas Artikel immer ohne einen einzigen kritischen Satz aus seinem Mund durch. Lea war so sehr an Lucas Zustimmung gewöhnt, dass sie glaubte sich verhört zu haben, als Luca ihren nächsten Artikel mit den Worten kommentierte: »Viel zu lang und der letzte Absatz ist total Scheiße!«

Auch die anderen starrten Luca verwundert an. Was war los mit ihm? Das war doch Leas Artikel und der stand immer über jeder Kritik. Jedenfalls bis zu diesem Tag.

Ganz schlimm wurde es, als im November wie jedes Jahr die Wahl des Chefredakteurs anstand. Im Grunde waren alle gleichberechtigt und über Artikel, Themen und Layout stimmten sie demokratisch ab. Nur wenn sie sich nicht einigen konnten, gab die Stimme des Chefredakteurs den Ausschlag. Sein Name stand außerdem stellvertretend für alle im Impressum.

Die anderen rissen sich nicht unbedingt um diesen Posten, aber für Luca, der sich nach dem Abi um ein Volontariat bei einer Zeitung bewerben wollte, war es wichtig, wenigstens ein Jahr lang Chefredakteur gewesen zu sein. Das machte sich gut bei Bewerbungen.

Für die Wahl in diesem Jahr hatte Luca sich gute Aussichten ausgerechnet, denn er konnte schreiben, was die anderen auch neidlos anerkannten. Außerdem war er schon seit drei Jahren im Redaktionsteam und hatte die meiste Erfahrung von allen.

Umso verblüffter schaute er, als Boris Lea als Chefredakteurin vorschlug. Die anderen klatschten begeistert, und bevor Lea noch protestieren konnte, war sie schon mit sechs Stimmen gewählt.

Es gab eine Enthaltung, die natürlich von Luca kam. Gegen Lea zu stimmen hatte selbst er sich nicht getraut.

Lea nahm die Wahl mit sehr gemischten Gefühlen an. Waren die anderen wirklich so von ihr und ihrer Arbeit überzeugt oder wollten sie Luca nur eins auswischen, sozusagen als Revanche für die harte Kritik an ihren Artikeln im letzten Jahr?

Und wenn sie in Lucas verkniffenes Gesicht sah, fühlte sie sich erst recht nicht wohl. So wie sie Luca kannte, würde er diese Niederlage nicht so einfach hinnehmen, da war Lea sich ganz sicher.

4

Luca war 18, seine Eltern kamen aus Italien und besaßen eine kleine Pizzeria in der Altstadt. Luca war sehr ehrgeizig und fest entschlossen ein berühmter Journalist zu werden.

Er aß gerne Pizza, hatte aber nicht vor, sein Leben lang hinter der Theke in der Pizzeria seiner Eltern zu verbringen, so wie sein Vater das wollte. Die Pizzeria war bereits in der zweiten Generation in der Familie und mit Luca sollte die dritte, mit Lucas Sohn die vierte beginnen. So hatte die Familie Lucas Leben und das seiner Nachkommen für die nächsten 50 Jahre verplant.

Luca aber hatte ganz andere Pläne. Sollte doch Francesca, seine 15-jährige Schwester, die Pizzeria übernehmen. Sie liebte es, die Gäste zu bedienen, und half nachmittags und an den Wochenenden freiwillig mit.

In Lucas Plänen hatten Pizza und Pasta nur am Rande Platz. Er wollte sein Abitur machen und dann bei einer Zeitung anfangen. Das aber war ohne Beziehungen kaum zu schaffen, und da sein Vater ihm durch seine Kontakte zwar ohne Schwierigkeiten einen Ausbildungsplatz in einer Eisdiele oder einer Pizzeria verschaffen konnte, aber niemals ein Volontariat bei einer Zeitung, musste Luca sich anderweitig umsehen.

Und da kam Lea ins Spiel. Ihr Vater arbeitete für die Zeitung, bei der er sich bewerben wollte. Und nicht nur er. Jedes Jahr bewarben sich bis zu 200 Anfänger um drei Volontariatsplätze. Mit einer Empfehlung von Leas Vater rechnete Luca sich gute Chancen aus, einen dieser Plätze zu bekommen.

Darum hatte er Lea mit seiner Kritik bis jetzt verschont. Er konnte es sich nicht leisten, dass sie sich bei ihrem Vater über ihn beschwerte.

Aber nun sah alles anders aus. Ausgerechnet in seinem letzten Jahr an der Schule vermasselte sie ihm seine Chance, Chefredakteur zu werden. Sie verdrängte ihn aus seinem Spezialgebiet, schrieb diesen Aufsatz über die Tonarmee, meldete sich für die Ausstellung über die Seidenstraße und tat so, als sei sie die Einzige, die gute Artikel über China schreiben konnte.

Dabei hatte er genau damit Leas Vater beeindrucken wollen, denn er wusste, dass er lange Zeit in China gelebt hatte. Der Bericht über die Tonarmee hätte Zeit gehabt, bis er, Luca, wieder gesund war. Die Ausstellung lief noch weitere Wochen und er hatte sich längst intensiv vorbereitet, im Internet und in der Bücherei nach Informationen über den ersten Kaiser gesucht. Die Einleitung zu seinem Artikel hatte er bereits geschrieben, dann war er krank geworden, und statt zu warten war Lea zur Ausstellung gegangen.

Sie hatte die Anerkennung bekommen, die er für sich eingeplant hatte. Das würde sie ihm büßen.

Und so kam es, dass Luca drei Tage nach der für ihn so unglücklichen Wahl Lea zwei eng beschriebene Blätter unter die Nase hielt.

»Was soll das?« Lea starrte verblüfft auf die Überschrift: »›Die wahre Geschichte des ersten chinesischen Kaisers.‹ Die Story hab ich doch gerade erst geschrieben. Wir können nicht zwei Berichte über das gleiche Thema bringen.«

»Ich weiß. Es gibt auch nur eine *wahre* Geschichte … meine. Dein Bericht ist total einseitig.«

»Du spinnst ja!« Lea wurde wütend. Nur weil er nicht gewählt worden war, musste er nicht gleich durchdrehen. Was war er für ein schlechter Verlierer! »Du bist ja bloß neidisch, weil ich Chefredakteurin geworden bin und nicht du!«, schrie sie ihn an.

Luca lächelte spöttisch. »Neid? Hab ich gar nicht nötig. Ich finde nur, Chefredakteur sollte der Beste werden. Die Frage ist, ob du das wirklich bist. Gegendarstellungen müssen übrigens gedruckt werden, das sagt das Pressegesetz.«

»Das hatten wir noch nie!«

»Ich weiß. Bis jetzt wurde ja auch immer sauber recherchiert.«

»Was willst du damit sagen?« Lea funkelte ihn böse an.

»Genau das, was du verstanden hast. Dein Bericht über den ersten Kaiser ist total einseitig. Gigantische Grabanlage? Achtes Weltwunder? Alles richtig. Aber nur die halbe Wahrheit. Der Mann war brutal, hat Bücher verbrannt. Kennst du denn den Artikel nicht, den dein Vater vor fünfzehn Jahren geschrieben hat? Da steht das alles drin. Hat er ihn dir nicht gezeigt? Ich dachte, ihr versteht euch so gut!«

Lucas Spott ließ Leas Wut wie einen zu prall gefüllten Luftballon zerplatzen. Luca hatte den Artikel ihres Vaters sogar gelesen. Sie selber hatte bis vor kurzem nicht einmal gewusst, dass er existierte.

»Du darfst meinen Artikel gerne deinem Vater zeigen. Wenn er auch nur einen Fehler findet, zerreiß ich ihn und werfe ihn in den Müll. Wenn ich aber Recht habe, dann trittst du als Chefredakteurin zurück. Oder der Artikel wird veröffentlicht. Wie schon gesagt, als Gegendarstellung muss er gedruckt werden. Das Ergebnis ist das gleiche: Du musst dann zurücktreten. Und das wird richtig peinlich.« Mit diesen Worten drehte Luca sich um und ging fröhlich vor sich hin pfeifend davon.

Zu Hause herrschte Aufbruchstimmung. Leas Eltern wollten nach München zu einem Kongress und Lea freute sich schon seit Wochen auf das elternfreie Wochenende.

»Willst du nicht doch mitkommen? Wir haben schon lange nichts mehr als Familie gemacht. Wir kriegen bestimmt noch ein Flugticket«, hatte die Mutter noch am Vortag gefragt. »Wir könnten in München shoppen gehen. Vielleicht finden wir sogar eine neue Lederjacke für dich.«

Aber selbst das konnte Lea nicht locken. Sie hatte ihre eigenen Pläne und außerdem wartete sie auf eine Gelegenheit, bei der sie ganz in Ruhe im Arbeitszimmer ihres Vaters stöbern konnte. Dort, wo die Karte mit den zwei roten Kreuzen gelegen hatte, vermutete sie noch weitere Hinweise auf diese geheimnisvolle Reise ihrer Eltern nach Xi'an.

Vielleicht fand sie da auch Angaben über das Waisenhaus in Peking. Sie glaubte einfach nicht, dass es nicht mehr existierte. Im Gegenteil.

Vor einigen Wochen noch hätte sie an den Worten ihrer Eltern nicht gezweifelt, aber seit sie sich so merkwürdig verhielten, wann immer Lea nachfragte, glaubte sie kein Wort mehr. Es musste Unterlagen geben. Was war mit den offiziellen Ausreisepapieren, der Adoptionsurkunde?

Und so lehnte sie zum Erstaunen ihrer Eltern die Einladung nach München ungewohnt heftig mit dem Hinweis ab: »Ich komm auch ohne euch klar! Ich bin ganz gerne mal alleine und außerdem muss ich noch für einen Artikel recherchieren.« Und das war auch nur halb gelogen.

Sie konnte es kaum erwarten, dass die Eltern endlich mit dem Taxi abfuhren, und stürmte, sobald es um die Straßenecke verschwunden war, ins Arbeitszimmer ihres Vaters.

An den Wänden ringsherum standen die Bücher in Regalen, die bis zur Decke reichten. Alles war sorgfältig nach Ländern und Sachgebieten geordnet.

Mit Hilfe einer kleinen Leiter und auf Zehenspitzen konnte sie das oberste Fach des Bücherregals, aus dem ihr Vater vor einigen Wochen die alte Chinakarte geholt hatte, gerade mit den Fingerspitzen erreichen.

Vorsichtig tastete sie das Regal entlang. Wenn sie Glück hatte, fand sie auch den Artikel ihres Vaters. Der war jetzt wegen Luca besonders wichtig geworden.

Wie richtig sie mit ihren Vermutungen lag, bestätigte sich bereits eine Minute später. Als sie einen Bildband über China herunterangeln wollte, flog ihr zusammen mit einer Wolke aus Staub ein lose gebundenes Buch auf den Kopf.

Hustend und schnaufend stieg Lea die Leiter hinunter und setzte sich auf den Teppichboden vor das Regal. Die Blätter waren mit einem Bindfaden zusammengebunden und, nach der Staubschicht zu urteilen, schon lange nicht mehr gelesen worden.

Vorsichtig wischte sie den Staub von der ersten Seite und begann zu lesen: »Größer als ein Fußballfeld erstreckt sich das Ausgrabungsfeld 1 unter dem Glasdach vor unseren Augen. Archäologen sind eifrig damit beschäftigt, die vielen Scherben, die dort seit 2200 Jahren liegen, wie Puzzleteile zusammenzusetzen. Klettert man in die Grube, was man nur tun darf, wenn man, so wie ich, eine Sondergenehmigung hat, so findet man sich neben Tonsoldaten wieder, die noch bis zu den Knien oder bis zur Brust im Sand stecken.

Es sind Soldaten ohne Waffen. Man sagt, schon kurze Zeit nach dem Tod des Kaisers haben Aufständische das Grab geplündert und ihr Anführer habe alle Waffen mitgenommen. Er konnte sie wohl im Diesseits besser gebrauchen.«

Verblüfft starrte Lea auf die Sätze in der Handschrift ihres Vaters. Dies waren ganz offensichtlich seine Aufzeichnungen über die Ausgrabungen am Grab des ersten Kaisers.

Sie machte es sich auf dem Sofa gemütlich und las weiter:

»Was Napoleon für Frankreich war und ist, das bedeutete der erste Kaiser Shi Huang Di für die Chinesen. Er war ein strategisches Genie, dessen Schlachtkonzepte noch Jahrhunderte später den Generälen als Vorbild dienten. Sein Grab, das achte Weltwunder, war aber erkauft durch den Tod von 700 000 Arbeitern, die bei seinem Bau Tag und Nacht ihr Letztes geben mussten. Wer sich weigerte, wurde umgebracht. Wer hier arbeitete, kam nie wieder heraus.«

Bereits da beschlich Lea ein ungutes Gefühl. Dieser Text war so ganz anders als ihr Artikel. Warum hatte Vater das nicht gesagt, als er ihren Artikel korrigierte?

»Der erste Kaiser einte die verfeindeten Völker Chinas zu einem Reich, ließ Paläste, Kanäle und die Große Mauer ausbauen, aber das Volk hungerte, da die Bauern Fronarbeit für den Kaiser leisten mussten und ihre Felder nicht bestellen konnten. Was ihm bis heute nicht verziehen wird, ist, dass er alle Geschichtsbücher und Annalen, alle Liederbücher und philosophischen Werke des Landes verbrennen ließ. Sein Volk sollte gehorchen, nicht denken.

In seinem Zorn war er fürchterlich. Es wird erzählt, dass er eines Tages mit dem Boot den Jangtse hinabfuhr. Am Berg Xiang erhob sich plötzlich ein so starker Wind, dass er nicht vorbeikam. Der Kaiser wurde zornig. Er befahl alle Bäume des Berges zu fällen. Und um den Berg zu bestrafen, der ihn, den mächtigen Kaiser, mit seinem Wind bei der Weiterfahrt behindert hatte, ließ er ihn mit roter Farbe bestreichen. Rot, das war die Farbe, die Verbrecher tragen mussten, damit sie vor aller Welt ihr Gesicht verloren und lächerlich wurden.«

Auch Leas Gesicht hatte sich beim Lesen rot gefärbt – vor Zorn. Ihr Vater hatte kein kritisches Wort zu ihrem Text gesagt. Wenn sie es recht überlegte, hatte er überhaupt keine Anmerkung gemacht, obwohl sie den ersten Kaiser nur gelobt hatte.

Fronarbeit, ein hungerndes Volk, verbrannte Bücher. Und die Szene mit dem Berg war ja wohl der Gipfel der Lächerlichkeit. Warum hatte er sie nicht korrigiert? Dabei hatte er doch genau gewusst, dass das Bild des ersten Kaisers, das sie in ihrem Artikel gezeichnet hatte, falsch war oder zumindest nur die halbe Wahrheit. Shi Huang Di, der große chinesische Kaiser, der mit seiner Tonarmee China berühmt gemacht hatte, ein grausamer, launischer Herrscher!

Sie hatte bis jetzt großes Glück gehabt, dass weder Schüler, Eltern noch Lehrer mehr über den Kaiser wussten. Sonst hätte sie sich furchtbar blamiert und ihr Gesicht verloren.

Und das war etwas, was Lea mehr als alles andere hasste. Es war schlimm genug, dass sie sich geirrt hatte, aber mit ihrem Artikel hätte sie sich vor der ganzen Schule lächerlich machen können. Und ihr Vater hätte das wissen und verhindern müssen. Gerade er. Aber sein Geheimnis war ihm wohl wichtiger gewesen als seine Tochter. Und das tat weh.

Aus ihrer Schultasche holte sie den Artikel von Luca und dort fand sie genau die Fakten wieder, die sie gerade erst bei ihrem Vater gelesen hatte. Sogar auf die Geschichte mit dem Berg war Luca gekommen. Er hatte wahrscheinlich den Artikel ihres Vaters, der aus einer seiner Tagebuchaufzeichnungen entstanden war, irgendwo gefunden und in seinen mit eingearbeitet. Und sie selber saß so dicht an der Quelle und hatte bis jetzt keine Ahnung gehabt, was ihr Vater über den ersten Kaiser geschrieben hatte. Wie musste Luca über sie gelacht haben!

In diesem Moment klingelte das Telefon. Ihre Eltern aus München.

»Alles in Ordnung bei dir? Du klingst so traurig«, drang die besorgte Stimme ihrer Mutter durchs Telefon. »Ist irgendwas passiert, Lea?«

»Ich bin nur müde.«

»Geh früh schlafen, hörst du! Es ist eine Grippewelle im Anmarsch.«

Grippewelle! Als ob sie das im Moment interessierte. Es wäre sogar nicht schlecht, wenn sie für eine Weile krank im Bett liegen und nicht zur Schule gehen müsste.

Für einen Moment überlegte Lea, ob sie ihren Vater zur Rede stellen sollte, aber nur einen Moment lang. Es gab nichts mehr zu erklären. Jetzt, wo sie selber seine Aufzeichnungen gefunden hatte, konnte sie auf weitere Lügen von ihm verzichten. Und ihr eigener Artikel, auf den sie so stolz gewesen und für den sie so gelobt worden war, war nichts wert, weil er nur die halbe Wahrheit war.

»Schlecht recherchierte Artikel wären besser nie geschrieben worden«, pflegte ihr Vater zu sagen und hatte nur Verachtung für solche Reporter übrig. »Das Schlimmste, was man einem Journalisten vorwerfen kann, ist Einseitigkeit, weil sie das Bild verfälscht und die geschriebene Geschichte unwahr werden lässt. Ein guter Journalist ist immer auf der Suche nach der Wahrheit und darf nicht auf halbem Wege aufgeben.«

Wenn es auch wehtat und Lea am liebsten nie wieder in die Schule gegangen wäre: Luca hatte auf der ganzen Linie Recht. Sein Artikel war der besser recherchierte, und das bedeutete, sie würde am Montag zurücktreten müssen. Er war der bessere Chefredakteur.

5

Eigentlich hatte Lea das elternlose Wochenende nutzen wollen, um mit ihrer Freundin Birte Party zu machen.

Ihre Eltern wollten erst am Montagabend zurückkommen. Drei Nächte und drei Tage ohne jede Kontrolle.

So war es jedenfalls geplant gewesen. Birte sollte in dieser Zeit bei ihr wohnen und niemand würde wissen, wie und mit wem und wo sie das Wochenende genießen würden.

Als Birte am frühen Abend mit Schlafsack und Reisetasche klingelte, sah sie sofort an Leas Gesicht, dass etwas nicht stimmte.

»Sind deine Eltern etwa noch da?«

»Nee, keine Sorge. Die sind seit Stunden weg und haben schon aus München angerufen.«

»Dann ist doch alles paletti. Was machst du für ein Gesicht?«

»Ich kann heute Abend nicht mitkommen.«

»Waaas? Wir wollten doch ins Calypso.«

»Ich muss einen Artikel zu Ende schreiben.«

Birte war richtig sauer. »Jetzt übertreibst du aber! Nur weil du Chefredakteurin bist, musst du nicht rund um die Uhr arbeiten. Na los, komm schon. Ich hatte mich so drauf gefreut.«

»Ich muss den Artikel über die Seidenstraße beenden, sonst kann ich das Wochenende nicht genießen.«

»Und ich? Was ist mit meinem Wochenende? Ich hab alles abgesagt, weil wir zusammen losziehen wollten. Artikel schreiben??? Sag mal, bist du jetzt ganz abgedreht?!«

Birte konnte es nicht fassen. Lea war schon immer eine begeisterte Reporterin gewesen und nahm ihre Aufgabe sehr ernst, aber noch nie hatte sie deshalb einen Diskobesuch sausen lassen, und das ausgerechnet an einem Wochenende, wo sie beide sturmfreie Bude hatten.

»Na komm schon, Lea. Irgendwas stimmt doch nicht. Spuck's aus und dann lass uns gehen. Den Artikel kannst du auch morgen schreiben.«

Da Lea genau wusste, dass Birte keine Ruhe geben würde, bis sie alles wusste, zog sie die Freundin ins Haus.

»Ich muss Montag zurücktreten«, sagte sie.

»Zurücktreten? Von was? ... als Chefredakteurin? Bist du krank?«

»Luca hat Recht. Er ist der Bessere von uns.«

»Luca? Seit wann machst du, was Luca sagt? Die Leute haben dich gewählt, schon vergessen? ... Hey, komm. Vielleicht fängst du mal von vorne an.«

Danach hatte auch Birte vor lauter Empörung über Lucas Erpressung keine Lust mehr, in die Disko zu gehen.

Stattdessen half sie Lea bei ihrem Artikel. Ohne dass Lea es aussprach, wusste Birte, dass dieser Artikel über die Seidenstraße Leas Versuch war, sich und vor allem Luca zu beweisen, dass sie doch sauber recherchieren konnte.

Im Internet gab es unzählige Einträge. Immerhin war die Seide über Jahrhunderte Chinas wichtigster Exportartikel. Sie wurde aus dem Kokon der Seidenraupe gewonnen.

»Den Kokon kannst du komplett abwickeln. Und der Faden ist länger als ein Kilometer«, las Birte vor. »Dafür sind die Raupen ziemlich anspruchsvoll. Sie sind unheimlich gefräßig, mögen aber keine feuchten Blätter und zu warme auch nicht. Und auf Rauch und Gerüche reagieren sie allergisch. Kein Wunder, dass Seide jahrhundertelang nur was für reiche Leute war.«

Auf der Seidenstraße wurde sie nach Europa verkauft. Diese Handelsstraße führte quer durch Asien, durch alte Städte und Wüsten, und war die wichtigste Handelsverbindung zwischen Osten und Westen, und das seit den Zeiten eines Konfuzius um 500 v. Chr. Außer Seide transportierten die Kamelkarawanen Pfeffer, Nelken und Muskatnüsse, und auch Marco Polo nutzte die Seidenstraße für seine Reise nach China, schrieb Lea in ihren Artikel.

»Zu viele Fakten sind langweilig. Ich brauche noch irgendeinen Aufhänger, irgendeine spannende Geschichte.«

»Das hatte ich mir aber einfacher vorgestellt«, stöhnte Birte und wühlte sich weiter durch das Angebot im Internet. »Hier, ich hab was! Das Geheimnis der Herstellung der Seide wurde 3000 Jahre lang von den Chinesen wie ein Staatsgeheimnis gehütet. Es war bei Todesstrafe verboten, Maulbeerbäume oder Seidenraupen auszuführen. Viele europäische Kaufleute haben es versucht. Denn wer das geschafft hätte, wäre ein steinreicher Mann gewesen. Vergeblich. Sie wurden alle erwischt und hingerichtet. Aber dann kam diese Prinzessin, die an den König von Khotan, am Rande des chinesischen Reiches, verheiratet wurde. Der König wollte schon lange das Geheimnis der Seidenherstellung herausfinden und so ließ er seiner zukünftigen Frau durch einen Boten heimlich bestellen, dass es in seinem Land leider keine Seide gäbe; und wenn sie weiterhin Seidenkleider tragen wolle, müsse sie ein paar Raupen mitbringen. Daher schmuggelte sie in ihrem Kopfschmuck Raupen und Maulbeersamen. Die Zollbeamten an der Grenze, die alles durchsuchten, trauten sich an den Kopfschmuck der Prinzessin nicht heran, und so wurde das Geheimnis außer Landes gebracht und kam von Khotan aus auch in den Westen.«

Kurze Zeit später war Lea mit ihrem Artikel fertig und zufrieden. Auch wenn sie am Montag zurücktreten musste, mit diesem Artikel würde sie allen beweisen, dass es nicht daran lag, dass sie nicht schreiben konnte.

»So, jetzt speichere das Ganze ab und Schluss mit der Seidenstraße. Wahrscheinlich träume ich die ganze Nacht von irgendwelchen Seidenraupen auf Maulbeerbäumen«, meinte Birte erschöpft. »Ich hätte nie gedacht, dass die Viecher so viel Arbeit machen, bis dann endlich so 'ne Seidenbluse fertig ist. Mein Traumjob ist das jedenfalls nicht.«

Mit Birtes Hilfe und dem fertigen Artikel im Hintergrund gelang es Lea, Luca und die Redaktionssitzung am Montag für den Rest des Wochenendes zu vergessen. In der Disko lösten sich Luca und der Rücktritt wie eine Geistervision von Stunde zu Stunde, von Song zu Song in rotem, blauem und gelbem Nebel auf, der die Tanzfläche und die Tanzenden einhüllte.

Leider nicht für immer, denn am Montagmorgen erwartete Luca sie schon vor dem Schultor.

»Na, was sagt dein Vater zu meinem Artikel?«, fragte er zur Begrüßung.

»Der ist gar nicht da. Aber es ist nicht nötig, dass er ihn liest.« Lea holte tief Luft. »Du hattest Recht. Ich trete nachher zurück, aber erst nachdem wir die Artikel für die nächste Ausgabe besprochen haben.«

Luca war enttäuscht. »Dein Vater hat den Artikel gar nicht gelesen? Na egal. Hauptsache, in der nächsten Ausgabe taucht mein Name als Chefredakteur auf.« Mit diesen Worten ließ er sie stehen.

»Arschloch!«, sagte Birte. »Hoffentlich wird er nicht gewählt.«

»Er wird, verlass dich drauf. Es gibt keinen Gegenkandidaten. Ich hasse es, gegen ihn zu verlieren«, sagte Lea. »Aber wenigstens habe ich noch meinen neuen Artikel.«

Auf der Redaktionssitzung nach dem Unterricht stellte jeder seinen Artikel kurz vor und die Gruppe entschied danach, was genommen wurde. Von Leas Seidenstraßenbericht waren alle begeistert, alle bis auf Luca.

»Wir haben so viel über das alte China gebracht«, sagte er. »Das hängt doch allen allmählich sonst wo raus. Wir sollten mal was über das moderne China machen.«

Für einen Moment herrschte Schweigen.

Dann meinte Niko: »Luca hat Recht. In China boomt es überall. Jeder reißt sich darum, dort zu investieren. Seit die mit ihren Reformen angefangen haben, kann jedes Wirtschaftsunternehmen das Geschäft seines Lebens machen.«

»Die haben doch jetzt sogar 'ne Atombombe«, meinte Svenja.

»Und im Tischtennis sind die richtig gut.«

»In der nächsten Ausgabe können wir ja etwas darüber machen. Aber jetzt haben wir nichts über das moderne China.« Lea war sauer auf Luca.

»Haben wir doch!« Luca hielt ihr ein eng beschriebenes DIN-A4-Blatt hin.

»Die Ein-Kind-Familie in China«, las Lea laut die Überschrift vor. »Glaubst du, das ist interessanter als die Seidenstraße?«

»Ist es. Gib her.« Er riss ihr das Blatt aus der Hand und begann vorzulesen: »Seit 1979 dürfen in China die Familien nur ein Kind haben. Da die meisten Chinesen sich aus traditionellen Gründen einen Jungen wünschen, gibt es vor allem auf dem Land Probleme. Dort wird ein Junge als Nachfolger für die Übernahme der kleinen Bauernhöfe gebraucht. Ist also das erste Kind ein Mädchen, wird es getötet, im Fluss ertränkt oder lebendig begraben. Jährlich sterben so bis zu 60 000 Neugeborene, alles Mädchen.« Luca hörte auf zu lesen und schaute sich in der Runde seiner

Zuhörer um. Niemand sagte etwas. Entsetzt, ungläubig starrten sie ihn an.

Lea erholte sich als Erste von dem Schock des Gehörten. »Wo hast du das her? Das ist doch eine Lüge. Und du willst sauber recherchiert haben?«

»Tja, deine Chinesen sind eben nicht nur große Erfinder und Baumeister. Sie sind auch große Mörder. Alles bewiesen. Du kannst es ja selber nachlesen.«

Natürlich waren alle dafür, Lucas Artikel zu bringen.

»Das wird die Sensation«, meinte Boris und schlug sich begeistert auf die Knie.

»Wie kannst du nur an Sensationen denken?«, fauchte Anja wütend. »Die armen Babys. 60 000!«

»Und wer weiß, ob es nicht noch mehr sind«, meinte Luca. »Die Dunkelziffer ist sicher sehr hoch. Wer gibt schon für die Statistik zu, seine eigene Tochter ermordet zu haben?«

Lea packte ihren Artikel über die Seidenstraße ein, für den sich niemand mehr interessierte.

»Ich möchte als Chefredakteurin zurücktreten«, sagte sie dann und für einen Moment wandten sich alle wieder ihr zu.

»Warum das denn?« Nicola sah sie kopfschüttelnd an. »Nur weil wir deinen Artikel zurückgestellt haben, musst du doch nicht gleich zurücktreten. Dein Aufsatz ist gut, aber wir haben ja in letzter Zeit wirklich viel über das alte China gebracht. Es ist ein wenig einseitig, wenn wir das moderne einfach rauslassen.«

Bei dem Wort »einseitig« musste Luca grinsen und Lea bekam einen roten Kopf.

Wie sie ihn hasste! Am liebsten würde sie aufstehen und gehen, oder noch besser, ihm irgendetwas an den Kopf werfen. Aber dann hätten alle geglaubt, sie könnte eine Niederlage nicht ertragen.

»Es hat nichts mit dem Artikel zu tun. Ich möchte lieber noch ein Jahr warten«, sagte sie deshalb. »Warum wählen wir nicht Luca? Er kann es kaum abwarten, selber Chefredakteur zu werden.«

Jetzt war es Luca, der einen roten Kopf bekam.

Die anderen schauten verblüfft von Lea zu Luca. Sie spürten, dass da irgendein Geheimnis in der Luft lag, aber einen Chefredakteur brauchten sie, und da niemand sonst in Frage kam, wurde Luca einstimmig gewählt.

Auch Lea stimmte freundlich lächelnd für ihn und freute sich über seinen fragenden, verunsicherten Blick.

»Das eigentliche Gesicht der Frau ist die Maske«, pflegte ihre Mutter zu sagen und diesmal war Lea froh, dass sie ihre wahren Gefühle so gut hinter einer freundlichen Maske verbergen konnte. Niemand sollte sehen, dass sie am liebsten vor Wut geheult hätte.

Den Rest des Nachmittags verbrachte Lea in ihrem Bett, Kopfhörer auf den Ohren, nicht ansprechbar für den Rest der Welt. Hierher verzog sie sich immer, wenn sie etwas erlebt hatte, das sie nicht ertragen konnte. Spötteleien ihrer Mitschüler wegen ihres Aussehens, Ärger mit den Eltern; ihr Bett war so etwas wie eine sichere Insel im sturmgepeitschten Meer.

Sie sah zwar das Blinken des Anrufbeantworters, wusste, dass es wahrscheinlich Birte war, die sich Sorgen machte, oder ihre Eltern, die sich auch Sorgen machten. Lauter Leute, die sich Sorgen machten. Aber Lea wollte niemanden sehen und niemanden hören.

Wenn es nur die Sache mit dem Chefredakteur gewesen wäre. Damit hatte sie nicht das große Problem. Auch nicht damit, dass Luca es geworden war. Schließlich hatte sie sich mit ihm immer gut verstanden. Es war auch nicht ihr erster Artikel, der zurückgestellt wurde. Das passierte allen immer wieder und das war auch in Ordnung so. Die bereits geschriebenen Artikel wurden in einem Ordner gesammelt und meistens irgendwann später gedruckt. Niemand schrieb etwas für den Papierkorb.

»60 000 ermordete Babys, alles Mädchen.« Dieser Satz aus Lucas Artikel hatte sich in ihren Kopf eingebrannt und ließ sich nicht vertreiben. Wie hatte sie selber noch geschrieben? – »Alle Welt schaut auf die kulturellen Leistungen der Chinesen, die nicht nur die Seide, sondern auch das Papier, das Geld und den Kompass erfunden haben.«

Sie hatte, wie in ihrem Artikel über den ersten Kaiser, mal wieder nur die positiven Punkte gesehen. Einseitig. Und damit hatte sie ihren Lesern ein falsches Bild vermittelt, wieder einmal. Unverzeihlich für jeden Journalisten.

60 000, jedes Jahr. Und wenn Luca das alles nur erfunden hatte? Wenn es wahr wäre, hätte doch wenigstens einer von ihnen im Redaktionsteam davon gehört gehabt. Es hätte doch in den Zeitungen stehen müssen. Ein einzelner Mord, ein Flugzeugabsturz, das gab schon eine Riesenschlagzeile. Und dann 60 000. Woher hatte er diese Zahl? Konnte es darüber überhaupt Zahlen geben? Niemand, der einen Mord beging, würde das registrieren lassen.

Lea setzte sich mit einem Ruck auf, riss sich die Kopfhörer von den Ohren und schaltete ihren Computer an.

In der Suchmaschine Google gab sie den Begriff »Ein-Kind-Familie« ein und drückte auf »suchen«.

Nun werden wir ja sehen, ob du gelogen hast, Luca!

20 Sekunden später starrte Lea erstaunt auf das Ergebnis der Suche im Web: einige hundert Einträge. Anscheinend hatte alle Welt davon gewusst, alle bis auf sie.

Planlos klickte sie einen Beitrag nach dem anderen an. Da waren Referate von Schülern, Hausarbeiten, Projekte von Lehrern im Erdkundeunterricht, Zeitungsausschnitte aus verschiedenen Ländern, ein Bericht, der im NDR und im Bayerischen Rundfunk gelaufen war. Sogar die Universität Kiel hatte das Thema leicht verständlich für Schüler aufbereitet.

Man konnte grüne, blaue und rote Rikschas anklicken und die beiden Rikschafahrer Ping und Pong führten den Leser mit Hilfe von Graphiken und Texten in die Bevölkerungspolitik Chinas ein.

Mit 1,2 Milliarden Chinesen, was 20 % der Weltbevölkerung ausmachte, war China das bevölkerungsreichste Land der Erde. Statistiker hatten ausgerechnet, dass bei gleich bleibender Geburten- und Sterberate Chinas Bevölkerung im Jahr 2047 bei 2 Milliarden läge.

Ernährt werden könnten aber nur 1 Milliarde. Schon bei 1,5 Milliarden drohte Not und Verarmung, bei 2 Milliarden gäbe es einen Kampf ums Überleben. Bereits Anfang der 50er Jahre hatte es eine Hungersnot gegeben, bei der Hunderttausende gestorben waren.

Also musste die Geburtenrate sinken. Wenn jede Familie nur noch ein Kind haben durfte, kam man dem Ziel, Ernährung, Wohnung und Ausbildung für alle, ein gutes Stück näher.

So weit, so klug, dachte Lea. Die Ein-Kind-Politik der Regierung, die durch das Gesetz von 1979/80 eingeführt worden war, machte Sinn. Was nützen viele Kinder, wenn sie dann vor Hunger sterben müssen? Da ist es doch wirklich besser, wenn man ein Kind ausreichend ernähren, ihm eine schöne Wohnung und eine gute Ausbildung bieten kann.

Auch wenn diese Politik im Gegensatz zu der alten chinesischen Weisheit steht: »Viele Kinder, großes Glück.« Das stimmte einfach nicht mehr in der heutigen Zeit.

Als Lea nach zwei Stunden ihre Internetrecherche beendete, hatte sie eine Menge Neues über Chinas Familienpolitik gelernt. Aber warum man deshalb neugeborene

Mädchen töten musste, verstand sie immer noch nicht. Falls das tatsächlich wahr war, wofür sie bis jetzt keine Angaben gefunden hatte.

Es gab nur Lucas Reportage. War ihm zuzutrauen, dass er die Fakten verfälscht hatte, nur um ihr eins auszuwischen?

6

Mord und Totschlag sind immer die beste Werbung für eine Zeitung. Das wollen die Leute lesen!«, schrie Boris begeistert Lea zu, nachdem er innerhalb von zwei großen Pausen die gesamte Auflage der Schülerzeitung verkauft hatte.

Wieder einmal sorgte ein Artikel über China für Aufregung. Hatte Leas Reportage Bewunderung für die chinesische Kultur ausgelöst, so war es jetzt durch Lucas Bericht Abscheu.

Auf dem Schulhof standen die älteren Schüler in der Pause zusammen und diskutierten. Wenn Lea an ihnen vorbeikam, wurde sie mit bösen Fragen empfangen, als sei sie mitverantwortlich für die Mädchenmorde, nur weil sie aussah wie eine Chinesin.

Sie fühlte sich fremd und ausgestoßen. Spott und dumme Bemerkungen hatte es immer wieder gegeben. Aber das hier war anders.

Leas Klassenlehrerin nutzte die gute Gelegenheit, um mit den Schülern zu üben, wie man ein kontroverses Problem sachlich diskutiert. Per Los wurde entschieden, wer für das Gesetz und wer dagegen argumentieren sollte. Dann teilte sie Arbeitsblätter mit Informationen zur chinesischen Familienpolitik aus und nach einer halben Stunde intensiven Lesens ging es los.

»Jeder hat ein Recht auf Nahrung. Und wenn das nicht anders durchzusetzen ist, muss die Regierung ein entsprechendes Gesetz machen. So wie die Chinesen mit ihrem Ein-Kind-Gesetz 1979«, leitete Lea, die ein Los als Befürworter gezogen hatte, die Diskussion ein.

»Und was ist mit der Freiheit, dass ich selber bestimmen darf, wann und wie viele Kinder ich bekomme? In China muss man 23 sein, bevor man heiraten darf, und der Mann 25. Und wenn du dann ein Kind haben willst, musst du einen Antrag stellen«, empörte sich Marion.

Die Argumente flogen hin und her.

»Kinderkriegen ist in China 'ne Staatsangelegenheit, die per Vorschrift geregelt wird«, sagte Merrit. »In einigen Provinzen müssen die Frauen monatlich zur Kontrolle. Jeder Betrieb hat Geburtenquoten zu beachten, und wenn eine Frau ohne Genehmigung schwanger wird, wird der ganze Betrieb bestraft, indem alle Prämien gestrichen werden. Findest du das gut?«

»Nein, natürlich nicht. Aber der Staat ist für alle verantwortlich. Niemand soll auf der Straße sitzen, alle eine Ausbildung und später eine Arbeit bekommen«, hielt Lea dagegen.

»Und darum zwingt er die Frauen zur Abtreibung bis zum achten Monat. Das ist Mord! Achter Monat. Da ist das Kind kurz vor der Geburt.«

»Es gibt ja nicht nur Strafen«, meinte Mike nach einem verzweifelten Blick auf sein Arbeitsblatt. Der Pro-Gruppe gingen angesichts des Mordvorwurfs die Argumente aus. »Wenn du dich verpflichtest nur ein Kind zu haben, bekommt das Kind eine kostenlose Ausbildung, du wirst bevorzugt bei der medizinischen Versorgung und ... ach ja, hier steht, dass du später einen kostenlosen Altersheimplatz kriegst.«

»Na, das baut einen doch so richtig auf, vor allem wenn man gerade 23 ist und das Leben noch vor sich hat!«, spottete Sven.

»Bleibt bitte sachlich!«, unterbrach die Lehrerin. »Wir wollen Argumente austauschen.«

»Wenn du mehrere Kinder hast, musst du Strafsteuern zahlen«, fing Merrit wieder an.

»Es gibt Verhütungsmittel und die Sterilisation ist kostenlos. Du musst keine Kinder bekommen!«

»Darum geht es doch gar nicht. Es geht darum, dass du bestraft wirst, wenn du mehr als ein Kind haben willst. Wo bleibt die Freiheit des Einzelnen?«

»Die Freiheit des Einzelnen ist eine Erfindung des Westens«, sagte Lea. »In China zählt die Gemeinschaft.«

»Hört! Hört! Da spricht die Expertin. Sagt dir das dein chinesisches Blut?« Sven legte die Hände an seine Augen und zog sie auseinander, sodass sie wie zwei Schlitze aussahen.

»Das sagt Konfuzius.« Lea versuchte seinen Spruch zu überhören. »In der chinesischen Gesellschaft gibt es die Freiheit des Einzelnen nur, sofern das ganze System nicht gestört wird. Nicht der Einzelne ist wichtig, sondern dass die Gesellschaft in Harmonie zusammenlebt.«

»Schöne Harmonie! Aufgebaut auf dem Tod Tausender Babys. Das ist ein glatter Verstoß gegen die Menschenrechte.«

Lea schluckte. Warum hatte ausgerechnet sie ein Los für die Pro-Argumente gezogen? »Die chinesischen Politiker sagen, dass es genau darum geht. Sie wollen die Menschenrechte schützen, damit jeder ernährt werden kann. Sie sagen, dass gesetzwidrige Geburten eine Belastung für die Gesellschaft bedeuten.«

»Und darum tötet man die unerwünschten Mädchen?«, schrie Marion wütend.

Für einen Moment schwiegen alle. Da war es wieder, das Argument, gegen das man nichts mehr sagen konnte. Ein Gesetz, das die Menschen dazu brachte, zu töten, war falsch. Egal wie man es drehte.

»Weißt du, was sie mit den kleinen Mädchen machen? Sie ertränken sie im Fluss, sie werden lebendig begraben«, fing Svenja wieder an.

Die Diskussion in der Klasse geriet außer Kontrolle. Niemand mochte mehr ein Gesetz verteidigen, das so entsetzliche Folgen hatte.

Niemand außer Lea, die ihre Rolle tapfer weiterspielte. Doch auch sie verteidigte nicht die Morde an den Mädchen, sondern versuchte verzweifelt, einfach sachlich zu bleiben.

»Aber die Regierung wollte das doch gar nicht. Das Gesetz an sich ist doch sinnvoll wegen der Überbevölkerung. Was …«

»Das Gesetz an sich …!«, höhnte Magda. »Es ist unmoralisch, weil es Menschen zum Morden bringt. Das hätte die Regierung in China voraussehen müssen. Konfuzius sagt, dass Kinder die Zukunft des Staates sind, und je mehr Söhne eine Familie hat, desto glücklicher ist die Familie. Seit Jahrhunderten leben die Chinesen danach. Da muss man doch voraussehen, was passiert. 60 000 Mädchenmorde pro Jahr. Das ist eine kleine Stadt!«

»Wahrscheinlich muss man wie Lea Chinese sein um das zu verstehen. Das ist für unseren einfachen westlichen Verstand zu hoch.«

Das war wieder Sven, der die gute Gelegenheit nutzte, um endlich mal ungestraft seine Meinung über Ausländer im Allgemeinen und Chinesen im Besonderen loszuwerden.

»Woher weißt du überhaupt, dass das alles stimmt?«, wollte Lea wissen.

»Das steht in Lucas Artikel …«

»Ach, und bist du so sicher, dass er die Wahrheit sagt? Ich hab selber im Internet gesucht. Es gab keinen einzigen Bericht über Babymorde.«

»Man findet nur, was man auch sucht. Sei doch ehrlich,

du wolltest nichts finden! Wenn Luca sagt, es gibt die Zahlen, dann wird es stimmen.«

»Und wenn nicht? Vielleicht wollte er sich einfach nur wichtig machen.« Lea wurde langsam richtig wütend. Überall kam ihr dieser Luca dazwischen. Sie konnte den Namen schon nicht mehr hören.

»Du bist nur eifersüchtig, weil er dich von deinem Posten verdrängt hat.«

Lea kam nicht mehr dazu, etwas zu sagen. Die Klasse schrie sie nieder.

»Kinder! Nun nehmt das doch nicht so persönlich.« Die Lehrerin nahm sie in Schutz. »Lea hat nur eine Position vertreten wie ihr alle auch. Und das hat sie gut gemacht. Es ist doch nicht ihre eigene Meinung.«

Nur langsam beruhigten sich die Gemüter. Nicht nur Lea war froh, als es zur Pause gongte.

Aber auch auf dem Schulhof blieb die Stimmung schlecht. Aus der Begeisterung für China war Abscheu geworden. Und das bekam Lea persönlich zu spüren. Blicke. Getuschel, das verstummte, wenn sie näher kam, und direkte Attacken:

»Na, du Schlitzauge. Ziemlich barbarisch deine Landsleute!«

»Du kannst glücklich sein, dass deine Mutter dich nicht ertränkt hat. Mädchen mit 16 sind wahrscheinlich 'ne Seltenheit bei euch in China.«

Der Zufall wollte es, dass Luca einen dieser Angriffe mitbekam.

»Lass sie in Ruh!«, schrie er den Jungen an. »Sie ist nicht verantwortlich für die tollen Erfindungen der Chinesen und auch nicht für deren Scheiß-Familienpolitik. Sie ist wie alle in unserem Zeitungsteam nur ein Berichterstatter.«

»Aber sie kommt doch da her. Schau sie dir doch an! Es sind ihre Landsleute.«

»Sie gehört genauso wenig nach China wie du. Heimat ist da, wo du deine Familie und deine Freunde hast. Lea ist nur in China geboren, das ist alles.«

Er nahm Leas Arm und zog sie ins Redaktionszimmer.

»Tut mir echt Leid. Das wollte ich nicht.«

Lea schüttelte ihn ab. »Schon gut. Du bist ja nur Berichterstatter und nicht verantwortlich für das, worüber du schreibst. Und für die Folgen schon gar nicht.«

Auch wenn er sie gerade verteidigt hatte, von Luca wollte sie keine Hilfe und schon gar kein Mitleid. Sie würde das hier alleine durchstehen. Es war schließlich nicht das erste Mal, dass man sie »Schlitzauge« gerufen hatte.

7

Sie hatte nicht vorgehabt ihren Eltern von diesen Diskussionen und Angriffen zu erzählen. Manche Verletzungen brauchten Ruhe, um zu heilen. Sie wurden nicht besser, wenn man darüber sprach. Und was es bedeutete, wenn man immer wieder plötzlich daran erinnert wurde, dass man nicht dazugehörte, dass man anders war, das konnte sowieso niemand verstehen, der es nicht selber erlebt hatte.

So setzte sie zu Hause eine fröhliche Maske auf und hoffte, dass niemand Fragen stellte.

Aber an diesem Abend saß die Maske nicht fest genug und so kamen, als sie lustlos in ihrem Salat herumstocherte, die befürchteten besorgten Fragen.

»Was ist los, Lea? Warum hast du keinen Appetit?«

»Ärger in der Schule gehabt?«

Aus Erfahrung wusste Lea, dass ihre Eltern am Ende doch alles aus ihr herausbekommen würden. Wenn sie erst mal Verdacht geschöpft hatten, dass sich irgendwo ein Problem versteckte, bohrten sie so lange nach, bis Lea alles erzählte.

»Luca behauptet, in China würden sie die neugeborenen Mädchen töten, weil sie einen Jungen als Erben wollen. Er hat einen Artikel darüber geschrieben.«

Die Wirkung ihrer Worte war überraschend. Während der Vater vergaß das Brot in seinen offenen Mund zu stecken, hörte die Mutter, die gerade dabei war, neuen Tee einzuschenken, gar nicht wieder auf, zu gießen. Der Tee floss über den Becherrand die Tischdecke entlang auf den Fußboden.

Dann brach Hektik aus.

Dankbar für die Ablenkung sprangen beide auf und rannten in die Küche um einen Lappen zu holen. Sie wischten und wischten, als schon lange kein Tropfen mehr zu sehen war.

Lea wartete geduldig, bis es nichts mehr zu wischen gab und das Abendessen fortgesetzt werden konnte. Allerdings war jetzt auch den Eltern der Appetit vergangen.

»Wie kommt dieser Luca auf so ein Thema? Gibt es nichts anderes, über das ihr schreiben könnt?«, fragte die Mutter schließlich. »Die Welt ist voll von interessanten Themen. Positive Themen meine ich. Es müssen doch nicht immer nur schreckliche Nachrichten sein. Mord und Totschlag!«

»Unsere Ausgabe war noch nie so schnell verkauft. Auch unsere Leser wollen Sensationen und nicht heile Welt … Weil es die gar nicht mehr gibt.«

»Die hat es nie gegeben, Lea«, sagte ihr Vater. »Aber wie kommt ihr auf dieses Thema? Es ist ja nicht gerade etwas, worüber die großen Zeitungen berichten.«

»Luca meinte, wir müssten mal was über das moderne China machen, nachdem wir so viel über den alten Kaiser gebracht haben. Und da hat er über die Ein-Kind-Familie geschrieben.«

Sie stand auf und holte die Schülerzeitung.

Während sich ihre Eltern in Lucas Artikel vertieften, beobachtete Lea sie.

Es war schon sehr merkwürdig, dass beide sich zunächst über das Thema gewundert hatten und über die Tatsache, dass die Schülerzeitung darüber schrieb, statt empört auf die Babymorde zu reagieren. Gerade ihre Mutter ging bei solchen Ungerechtigkeiten sonst wie eine Rakete hoch. Sie hörten offensichtlich nicht zum ersten Mal davon.

»Gut geschrieben!«, meinte der Vater. »Der Junge hat Talent.«

Na, das war ja wohl der letzte Kommentar, den Lea sich erhofft hatte.

»Mich interessiert nicht Lucas Schreibstil, sondern seine Zahlen«, sagte sie darum wütend. »Ich hab im Internet gesucht, aber es gibt keine Zahlen. Ich will wissen, ob er die Wahrheit geschrieben hat. Ich möchte es selber sehen. Du hast gerade gesagt, dass es in den großen Zeitungen nicht mal erwähnt wird.«

»Irgendwo habe ich was darüber«, sagte der Vater zögernd. »Aber wo? Ich weiß es nicht so genau.«

»Immer wenn ich etwas über China wissen will, hast du auf einmal 'ne Blockade im Kopf. Ich glaub dir kein Wort. Du willst mir nicht helfen. Warum???«

Lea war so wütend, dass sie aufstand, ihre Jacke nahm und nach draußen rannte. Dort versteckte sie sich im Nachbargarten und schaute zu, wie ihre Mutter auf die Straße lief und ihren Namen rief. Lea machte es sich im Gartenhaus bequem und wartete geduldig ab. Spätestens in einer halben Stunde würde sie ins Haus zurückkehren können, denn ihre Eltern würden wohl kaum die Opernaufführung, für die sie vor Wochen Karten bestellt hatten, sausen lassen.

Und wirklich kamen sie pünktlich aus dem Haus. An der Gartenpforte blieb die Mutter stehen.

»Ich weiß nicht, ob wir gehen sollen. Sie war so durcheinander. So habe ich sie noch nie gesehen.«

»Sie war einfach nur wütend. Sie wird sich schon wieder beruhigen.« Der Vater nahm ihren Arm und zog sie durch die Pforte. »Wahrscheinlich ist sie auch ein bisschen eifersüchtig, weil Luca diesmal den besseren Artikel geschrieben hat. Aber da muss sie durch. Sie muss lernen, dass auch andere gut schreiben können, und der Junge ist wirklich gut. Sollte mich nicht wundern, wenn er es noch weit bringen würde.«

Lea war übel, so fest biss sie die Zähne aufeinander. Wie konnte er nur so über sie reden!

Die Mutter war wieder stehen geblieben.

»Wir müssen mit ihr reden, ihr endlich die Wahrheit sagen. Wenn sie es selber herausfindet, wird sie uns das nicht verzeihen.«

»Wir wollten es niemals sagen, hast du das schon vergessen? Und wie sollte sie es herausfinden? Niemand weiß davon.«

Endlich stiegen sie ins Auto und fuhren davon.

Lea blieb reglos in ihrer Gartenhütte sitzen.

Es gab also ein Geheimnis, so wie sie es die ganze Zeit vermutet hatte. Und es hatte mit ihr zu tun. Und es war so schlimm, dass ihre Eltern es ihr niemals sagen wollten.

Sie hatte zwei Stunden Zeit. Zeit, um vielleicht das Geheimnis zu lüften. Sie glaubte ihrem Vater nicht, dass er keine Unterlagen zu den Babymorden hatte, jetzt erst recht nicht mehr.

Im Diskettenregal ihres Vaters standen, fein säuberlich sortiert nach Sachthemen, die Disketten über China. Von Mao bis zu den Neujahrsfesten der letzten Jahre.

Hier, vor den übersichtlich beschrifteten Disketten, fiel es ihr noch schwerer, zu glauben, dass ihr Vater nicht mehr wusste, wo er die Informationen, die sie suchte, hingetan hatte.

Und wirklich! Keine halbe Stunde dauerte es, bis alle Aspekte der Ein-Kind-Familie über den Computer flimmerten. Gesammelte Aufsätze, Pressemitteilungen aus drei Jahrzehnten.

Unter anderem ein Zeitungsbericht von 1982:

Die chinesische Regierung hat jetzt offenbar der in China nicht seltenen Praxis den Kampf angesagt, Mädchen als unerwünschten Nachwuchs nach der Geburt zu töten und Mütter zu misshandeln, weil sie einem Mädchen statt eines Jungen das Leben geschenkt haben.
In der chinesischen Presse ist häufig über Fälle berichtet worden, in denen Eltern ihr neugeborenes Kind, wenn es ein Mädchen war, töteten, um die Chance zu erhalten, doch noch den ersehnten Sohn zu bekommen. Bis zu 60 000 sollen es pro Jahr gewesen sein. Und wer weiß, wie hoch die Dunkelziffer ist.
Die von der Regierung verfügte Beschränkung der Geburten auf nur ein Kind pro Familie ist vor allem auf dem Land auf Widerstand gestoßen, wo sich die Bauern Söhne wünschen, die den Familiennamen weitertragen, bei der Feldarbeit helfen und die Eltern im Alter versorgen.

Dann eine Meldung von 1986:

Der Präsident des Kinderhilfswerkes berichtete anlässlich des Weltkindertags, dass in China immer noch Mädchen wegen ihres geringen sozialen Status lebendig begraben, ertränkt oder ausgesetzt würden.

Mit wachsendem Entsetzen las Lea einen Artikel nach dem anderen.

Ihr Vater hatte offensichtlich alles, was es zu diesem Thema gab, gesammelt, eingescannt und abgespeichert. Warum? Und warum tat er so, als wüsste er nicht mehr wo, wenn man es doch unter dem Stichwort China ganz einfach in seinem Diskettenregister finden konnte?

Vielleicht wollte er sie schonen, nichts Unangenehmes über China erzählen. Aber wieso? China war nicht ihre

Heimat. Das hatte Luca erst heute Morgen so schön formuliert.

Die letzte Meldung auf der Diskette war vom April 2003:

> **28 Babys sollten verkauft werden**
>
> Peking – Die chinesische Polizei hat in einem Reisebus 28 in Plastiktüten und Koffern versteckte Babys entdeckt. Die Säuglinge, es handelte sich ausschließlich um Mädchen, sollten offenbar verkauft werden. Ein Kind war bereits tot. Zehn Menschenhändler wurden verhaftet.

Was auch immer sie gehofft hatte, es spielte keine Rolle mehr.

Jeder Satz in Lucas Bericht war die Wahrheit. Er hat Recht, er hat Recht, er hat Recht …

In Leas Kopf war nur für diesen einen Gedanken Platz. Mechanisch fuhr sie den Computer herunter und stellte die Diskette wieder an ihren alten Platz.

In ihrem Zimmer fing sie an aufzuräumen. Alle Bücher über China, die Konfuzius-Biographie, die chinesischen Kochbücher, die sie in den letzten Wochen gesammelt hatte, alles legte sie in einen großen Karton und schleppte ihn in den Keller. Das Poster mit der Terrakotta-Armee des Kaisers wurde zusammengerollt und wanderte ebenfalls dorthin.

Das Thema China war für Lea erledigt. Endgültig. Sie

wollte nichts mehr damit zu tun haben. Nichts mehr hören von den großartigen Leistungen der Chinesen und nichts mehr hören von Gesetzen, die zum Morden verführten. Nichts mehr von gesetzeswidrigen Geburten und von Mädchen, die als unerwünschter Nachwuchs in Plastiktüten verkauft wurden.

Unter ihrem Bett lag das Tagebuch ihres Vaters, das er während seiner Chinareise geschrieben hatte. Sie brachte es hinunter ins Arbeitszimmer, um es zusammen mit der alten Chinakarte ins oberste Regal zurückzulegen.

Vielleicht wollten ihre Eltern ja deshalb nicht mit ihr reden, weil sie genauso enttäuscht und entsetzt darüber waren, was sich in China abspielte.

Ihr Lesezeichen steckte noch dort im Buch, wo sie über den ersten Kaiser gelesen hatte. Sie schlug die Seite auf, um es herauszunehmen, und das erste Wort, auf das ihr Blick traf, war »Plastiktüte«.

Hinterher fragte sie sich oft, was passiert wäre, wenn sie das Buch einfach wieder auf das oberste Regal gelegt hätte statt weiterzulesen.

Damals, 1988, waren die Eltern mit einem Taxi von der Ausgrabungsstelle zurückgefahren und dann über den Markt in Xi'an geschlendert. Der Vater beschrieb ausführlich die Stände mit dem Obst und Gemüse, die bunten Gewürze, das Stimmengewirr.

In einem Gang gab es Fische, die in ihren Bassins umherschwammen, bis der Käufer sich für einen entschieden hatte. Dann schlug der Verkäufer dem Fisch mit einem kleinen Hammer auf die Nase und betäubte ihn, bevor er ihn in eine Tüte legte.

In einem anderen Gang torkelte ihnen ein Huhn ohne Kopf entgegen. Zwei Männer rannten hinterher um es einzufangen, bevor es tot zu Boden fiel.

Und dann war da auf einmal die Frau mit der Plastiktüte, schrieb der Vater weiter. *Sie drängte sich plötzlich an uns und drückte Hanne die Tüte in die Hand. Sie schaute uns flehend an und sprach hastig in einem chinesischen Dialekt, von dem ich nur einige Worte verstehen konnte. »Beschützen!«, sagte sie immer wieder. »Bitte beschützen.«*

Und ehe wir protestieren konnten, war sie auch schon in der Menge verschwunden.

In der Plastiktüte lag ein Baby, nackt, in eine schmuddelige Reisstrohdecke gehüllt. Es schlief. Ein Mädchen, vielleicht 2 Tage alt.

Auf meinen Wink folgte Wang, unser Taxifahrer, der Frau, kam aber ohne sie zurück. Sie war ihm entwischt. Das sagte er jedenfalls. Und ich bin sicher, er hätte das auch gesagt, wenn er sie gefunden hätte.

Niemand, dem wir von dem Baby in der Plastiktüte erzählten, wollte etwas damit zu tun haben. Sie verdrehten entsetzt die Augen und wechselten das Thema.

Im Hotel zeigten wir das Baby dem Zimmermädchen. Das legte erschrocken die Hand auf den Mund und sah sich ängstlich um.

Wir erkundigten uns nach einem Kinderheim. Es gab keins.

»Warum hat die Frau ihr Kind weggegeben?«, wollten wir wissen.

Nur zögernd erzählte das Zimmermädchen von dem Gesetz über die Ein-Kind-Familie. Wir hatten natürlich davon gehört und fanden es sehr sinnvoll, was die chinesische Regierung machte. Ein ungebremstes Wachstum würde eine Hungersnot auslösen. Aber natürlich hatten wir keine Ahnung, welche Folgen es hatte, vor allem auf dem Land.

»Die Frau wollte ihr Kind retten«, sagte das Zimmermädchen. »Darum hat sie es Ihnen geschenkt.«

»Wie kann man sein Kind verschenken? Eine Mutter …«

»Lieber verschenken als töten. Bei Ihnen hat es eine Chance, zu leben.«

Sie sprach so, als hätte sie Ähnliches selber erlebt. Wir trauten uns nicht zu fragen.

»Aber wir können es nicht mitnehmen.«

Schließlich nahmen wir das Kind doch mit nach Beijing, wollten es dort in ein Heim geben. Aber nachdem Hanne es drei Tage im Arm gehabt hatte, weigerte sie sich auf einmal es herzugeben. Sie fühlte sich verantwortlich für das geschenkte Baby.

Stundenlang haben wir hin und her diskutiert.

»Es ist besser, es wächst bei uns auf, als in einem Heim. Seine Mutter finden wir doch nicht wieder. Sie will ja nicht gefunden werden«, sagte Hanne.

Ich war dagegen. Keiner von uns beiden konnte voraussehen, was passieren würde, wenn das Kind größer wurde. Würde es verstehen, warum wir es aus seiner Heimat gerissen hatten? Es würde mit seinen schwarzen Haaren in Deutschland immer ein Ausländer bleiben. Würden wir es schaffen, es so stark zu machen, dass ihm fremdenfeindliche Bemerkungen nichts ausmachten?

Ich fühlte mich völlig überfordert und hätte alles dafür gegeben, wenn wir die Mutter nur wiederfinden würden.

Aber schließlich setzte sich Hanne durch. Ich gab nach, weil ich wusste, wie gerne sie ein Kind gehabt hätte. Wir hatten schon alles versucht und zu diesem Zeitpunkt wussten wir bereits, dass wir niemals ein eigenes Kind haben würden. Das und der Gedanke, dass wir die Kleine in einem Heim würden abgeben müssen – wieder zu Fremden –, nachdem es gerade angefangen hatte sich an uns zu gewöhnen, ließen mich zustimmen.

Und so kam unsere Lea nach Deutschland. Wie und über welche Wege, darüber haben wir für alle Zeiten Stillschwei-

gen geschworen, um die nicht zu gefährden, die eine Verhaftung riskierten, um Lea außer Landes zu schmuggeln.

Hier brach das Tagebuch abrupt ab.

Minutenlang blieb Lea bewegungslos sitzen. Was war das für eine Geschichte? Baby in Plastiktüte? Unsere Lea?

Das Waisenhaus in Beijing, in dem sie angeblich gelebt hatte? Lüge?

Ihre richtigen Eltern nicht verstorben? Jedenfalls damals nicht. Sie wurde verschenkt? Einfach so weggegeben an Fremde, in einer Plastiktüte?

Das war also das Geheimnis, das ihre Eltern vor ihr verbargen. Kein Wunder, dass sie über China und Xi'an nicht reden wollten.

Ihr wurde übel. Sie rannte auf die Toilette und spuckte das Mittagessen, auch die halb verdauten Reste vom Frühstück wieder aus.

In einer Plastiktüte wie wertloser Müll entsorgt! Lea bekam einen roten Kopf vor Zorn. Gleichzeitig war sie unendlich traurig.

Es wäre besser gewesen, ihre Mutter hätte sie im Fluss ertränkt, wie das die anderen Mädchenmütter mit ihren Babys machten. Dann wäre sie schon lange tot und hätte niemals erfahren, wie wenig sie ihrer richtigen Mutter bedeutet hatte.

8

Eine Stunde später saß Lea in der S-Bahn und starrte nach draußen, ohne wirklich etwas wahrzunehmen. Drängelnde, lebhaft schwatzende Menschen um sie herum und doch war sie ganz allein. Frierend, obwohl die Heizung voll aufgedreht war.

Nicht eine Sekunde länger hätte sie es zu Hause ausgehalten. Sie hatte ihre Sachen gepackt und war zum Bahnhof gefahren ohne eine Nachricht zu hinterlassen.

Ihr Handy klingelte. Auf dem Display die Nummer ihrer Mutter. Auch ihr Vater hatte es schon mehrfach versucht. Sie schaltete ab. Sie wollte mit niemandem reden, niemanden sehen und ihre Eltern schon gar nicht.

Mutter, Vater. Vielleicht hatte sie ja jeweils zwei. Biologische Eltern und praktische oder reale. Keine Ahnung, wie man das nannte. Ihrem Gefühl nach hatten sich alle nicht wie richtige Eltern benommen.

Die einen Eltern hatten sie in einer Plastiktüte verschenkt, die anderen hatten sie belogen. Niemand nahm sie wirklich ernst.

Am Hauptbahnhof in Hamburg nahm sie die S-Bahn nach Neugraben, dort den letzten Bus Richtung Jork. Die Fahrt am Deich entlang, vorbei an den Apfelplantagen und den bunten Fachwerkhäusern der Obstbauern.

Je weiter sie fuhren, desto vertrauter wurde ihr trotz der Dunkelheit die Gegend. Hier hatte sie einen großen Teil ihrer Kindheit verbracht und später fast alle Schulferien.

Dort war das Haus von Bauer Lehmann, wo die Großmutter ihren frischen Spargel einkaufte, daneben der Hühnerhof von Familie Meier.

Es war nach Mitternacht, als sie vor dem kleinen Haus am Deich ankam. Es lag im Dunkeln. Lea ging in den Garten an den Teich, wo sie unter dem großen weißen Stein den Hausschlüssel fand, den ihre Großmutter dort für Notfälle deponiert hatte.

Für einen Moment setzte sie sich in den Sessel unter dem Kirschbaum und schaute sich um. Offenbar war die Großmutter dabei, das Laub zusammenzuharken, wie sie das immer um diese Jahreszeit machte. Die riesigen Buchen, die große Birke und die Obstbäume warfen im Herbst so viel Laub ab, dass die Großmutter jedes Jahr jammerte, dass sie die Bäume am liebsten abschlagen würde, was sie natürlich nie tun würde.

In den Herbstferien hatte Lea ihr oft geholfen, das Laub zusammenzufegen und es auf den Kompost zu tragen.

Sie hatten große Haufen Blätter als Winterhaus für die Igel liegen gelassen und am Abend auf dem alten Kamin im Wohnzimmer Bratäpfel gemacht. Sobald ihre Schale aufplatzte, wurden sie auf einen großen Teller gelegt und die Großmutter gab so viel Vanillesoße darüber, dass die Bratäpfel wie große Inseln aussahen, die in einem weißen Meer schwammen.

Es war still hier im Garten, so still, wie es in der Großstadt niemals war. Auch die Sterne über ihr waren so hell, wie sie eben nur hier leuchten konnten, wo es keine Straßenlaternen, keine Leuchtreklame und keine blinkenden Autos gab.

Im Laub raschelte es, ein Igel huschte geschäftig an ihr vorbei, wühlte mit seiner kleinen Schnauze im Laub und lief mit einem schrumpeligen Apfel im Maul weiter.

Morgen werde ich für ihn einen großen Laubhaufen harken, dachte Lea.

Sie kuschelte sich in den Sessel. Hier war alles wie immer. So als wäre die Zeit stehen geblieben. Hier gab es keinen Kaiser; keine Gesetze, die Menschen zu Mördern machten; keine Mutter, die ihr Baby an Fremde verschenkte. In den Ohren das raschelnde Laub, in der Nase den Duft von Bratäpfeln und über sich die funkelnden Sterne, so schlief Lea irgendwann in den frühen Morgenstunden erschöpft ein.

»Um Gottes willen! Kind, wo kommst du denn her?«

Die entsetzte Stimme ihrer Großmutter riss Lea einige Stunden später aus dem Schlaf. Sie blinzelte in die Sonne und zog frierend ihre Jacke um sich.

Die Großmutter legte die Hand auf ihre Stirn. »Du bist ja völlig durchgefroren. Jetzt komm erst mal rein.«

Nach einem heißen Kräuterbad saß Lea einige Zeit später, eingemummelt in eine Bettdecke, auf dem alten Küchensofa, schlürfte heißen Tee und beobachtete ihre Großmutter, wie sie frische Brötchen aufbackte, die selbst gemachte Marmelade vor sie hinstellte und Frühstückseier kochte.

Lea seufzte zufrieden. Die Großmutter hatte keine weiteren Fragen gestellt, so als ob es das Natürlichste der Welt sei, dass ihre Enkelin plötzlich nachts im Garten auftauchte, mitten in der Schulzeit, ohne jede Erklärung.

»So, jetzt werden wir erst mal in Ruhe frühstücken«, sagte sie und stellte eine Tasse dampfenden Kakao vor Lea.

Lea musste lachen. Wann immer es ein Problem gab, ihre Großmutter machte erst mal was zu essen. »Mit hungrigem Bauch löst man keine Probleme«, pflegte sie zu sagen.

Es war nicht das erste Mal, dass Lea von zu Hause weggelaufen war und bei ihr Zuflucht gesucht hatte. Das letzte Mal hatte die Großmutter Pfannkuchen gebacken.

»Nachdem du Mutter geboren hattest, hättest du sie da verschenkt? Als Baby meine ich?«

Die Frage platzte so plötzlich in die Stille hinein, dass die Großmutter vor Schreck den Brotkorb fallen ließ und die Brötchen durch die Küche rollten.

»Kind, was ist los mit dir? Wie kommst du denn auf so etwas? Natürlich hätte ich mein Kind niemals weggegeben. Ich hatte es mir so sehr gewünscht.«

»Natürlich hättest du es niemals getan«, wiederholte Lea leise. »Weil eine Mutter, die ihr Kind liebt, das auch nicht tut.«

Die Großmutter schaute sie für einen Moment forschend an. Dann setzte sie sich zu Lea auf das Sofa und legte den Arm um sie. Als Lea anfing zu weinen, legte sie auch den zweiten Arm um sie.

Erst eine lange Weile später, als Lea nur noch leise schluchzte, fragte sie: »Was ist passiert? Du weißt doch seit langem, dass du nicht hier geboren bist, dass deine Eltern dich adoptiert haben. Was ist auf einmal so schlimm daran? Es gibt viele Kinder, die adoptiert wurden, so wie du.«

»Aber niemand gibt sein Kind wildfremden Menschen auf der Straße.«

»Nein, natürlich nicht. Das tut doch auch niemand. Jedes Kind, das adoptiert wird, kommt zu Eltern, die sorgfältig überprüft wurden, ob sie in der Lage sind, für ein Kind zu sorgen. So wie bei deinen Eltern doch auch.«

Schweigend tranken sie ihren Kakao. Die Großmutter drängte niemals mit Fragen. Sie wartete einfach, bis man von selber erzählte. »Es gibt für alles eine Zeit«, pflegte sie zu sagen. »Eine Zeit zum Schweigen und eine Zeit zum Reden.«

Und so aßen sie ihr Frühstück, tranken ihren Kakao, bis Lea auf einmal fragte: »Haben sie das so gesagt? Dass alles geprüft wurde? Wie hast du von mir erfahren?«

»Deine Eltern haben dich aus China mitgebracht. Ich hatte keine Ahnung. Niemand wusste, dass sie das vorhatten, dass sie überhaupt ein Kind adoptieren wollten.«

»Und? Hast du dich gefreut?«

»Na ja, um ehrlich zu sein: Anfangs war ich nicht besonders begeistert. Deine Eltern waren noch so jung. Ich habe geglaubt, sie wollten eigene Kinder haben. Aber sie haben lange in China gelebt und wohl gedacht, sie geben lieber einem Kind, das keine Eltern mehr hat, ein schönes Zuhause. Und das hast du doch auch … oder?«

»Du weißt es also gar nicht!«

Lea kuschelte sich erleichtert in die Arme ihrer Großmutter. Wenigstens ein Mensch, der sie nicht belogen hatte. Die Großmutter war genauso getäuscht worden wie sie selber.

»Was weiß ich nicht? Lea, nun rück endlich mit der Sprache heraus. Was ist passiert? Was weiß ich nicht?«

»Dass meine richtige Mutter mich in einer Plastiktüte an völlig fremde Menschen verschenkt hat. Es war ihr egal, wer mich kriegt. Hauptsache, weg mit mir.«

Die Großmutter rückte entsetzt ein Stück von Lea ab und sah ihr in die Augen. »Wie kommst du denn darauf? Kind, wer hat dir so etwas erzählt? Das ist ja furchtbar!« Aufgeregt sprang sie auf und lief in der Küche hin und her. »Bist du deshalb hier?«

Lea nickte.

»Unglaublich! Wer war das? Wer hat dir so einen Unsinn erzählt?«

Statt zu antworten stand Lea auf und holte aus ihrer Tasche das Tagebuch ihres Vaters.

»Ich hab's sogar schriftlich«, sagte sie leise. »Und leider ist es die Wahrheit. In einer Plastiktüte hat meine richtige Mutter mich weggegeben. An Fremde. Ohne zu wissen ob ich das überleben würde. Ohne jede Prüfung.«

Sie schlug die Stelle im Tagebuch auf und hielt es ihrer Großmutter hin. Dann beobachtete sie, wie die alte Frau immer aufgeregter wurde, je weiter sie las. Wenn Lea anfangs noch leise Zweifel gehabt hatte, so wurden sie jetzt restlos ausgeräumt: Ihre Großmutter war genauso ahnungslos gewesen wie sie selber und jetzt genauso entsetzt.

»O mein Gott«, murmelte sie leise. »Woher hast du dieses Buch?«

»Zufällig gefunden.«

»Und deine Eltern?«

Lea zuckte mit den Schultern. »Die haben keine Ahnung, dass ich es herausgefunden habe. Die wissen ja nicht mal, wo ich bin.«

»Kind, das geht doch nicht. Ich verstehe ja, dass du weggelaufen bist. Aber sie werden sich Sorgen machen.«

Lea schwieg.

»Ich werde sie jetzt erst mal anrufen und ihnen sagen, dass du hier bist. Und dann sehen wir weiter.«

So energisch hatte sie die Großmutter noch nie erlebt.

»Sie bleibt bei mir, Hanne!«, rief sie in den Hörer hinein. »Denk dir was für die Schule aus ... Nein, es ist besser, sie bleibt erst mal alleine hier. Ich bringe sie zurück, wenn sie mit euch sprechen möchte ... Meine liebe Tochter, wenn ihr ihr das hättet ersparen wollen, hättet ihr alle Beweise vernichten müssen ... Es ist nun mal passiert. Ich melde mich wieder ... Ob sie mit dir reden will?« Die Großmutter schaute Lea fragend an. Als die den Kopf schüttelte, sagte sie ins Telefon: »Nein, sie will nicht ... Nein, ich werde nicht mit ihr reden. Ihr müsst abwarten. Ich melde mich.«

9

»Warum hat sie das gemacht?« Lea saß im Garten auf ihrem Lieblingsplatz unter dem Kirschbaum mit Blick auf die Elbe und stopfte sich ein großes Stück Marmorkuchen in den Mund.

»Ich weiß es nicht. Auch bei uns werden ab und zu Babys von ihren Müttern ausgesetzt. Vor die Haustür von wildfremden Menschen gelegt oder vor Krankenhäuser. In einigen Krankenhäusern gibt es inzwischen so genannte Babyklappen, wo Mütter anonym ihre Babys abgeben können. Das habe ich neulich in der Zeitung gelesen. Und die Babys werden dann sofort von Ärzten und Krankenschwestern versorgt, damit sie später in Pflegefamilien abgegeben werden können«, sagte ihre Großmutter und legte ein weiteres Stück Kuchen auf Leas Teller. »Ich weiß nur eins: Keine Mutter auf der ganzen Welt gibt ihr Kind weg, wenn es eine andere Möglichkeit gibt oder wenn sie das zumindest denkt.«

»In China denken die Frauen anders. Wie könnten sie sonst ihre Babys lebendig vergraben oder ertränken?«

»Nein, Lea.« Die Großmutter nahm ihre Hand und hielt sie ganz fest. »In China fühlen die Frauen genauso wie überall auf der Welt. Angst, Verzweiflung, Trauer, Freude, Liebe. Das sind Urgefühle, die alle Menschen in allen Ländern der Erde und zu allen Zeiten gleich empfinden. Und darum bin ich ganz sicher, dass deine Mutter keinen anderen Ausweg gesehen hat, als ihr Kind an Fremde zu verschenken.«

»Um dann zu vergessen, dass es mich gibt?«

»Hat sie das? Woher willst du das wissen? Sie wird häufiger an dich gedacht haben als an die Kinder, die bei ihr geblieben sind, falls sie noch weitere hat.«

»Und woher willst du das wissen?«

»Als du geboren wurdest, war ich fünfundfünfzig Jahre alt. Und das heißt, ich habe fünfundfünfzig Jahre mehr Erfahrung als du. Reicht das als Erklärung?«

Lea schwieg. Dann fragte sie leise: »Hilfst du mir? ... Sie zu suchen? Ich will sie fragen ... Ich muss wissen, warum sie es getan hat. «

Diesmal schwieg die Großmutter. Sie räumte die Kaffeetassen weg, stellte den Kuchen in die Speisekammer. Dann setzte sie sich wieder neben Lea und sagte leise: »Die Suche nach der Wahrheit ist ein gutes Ziel. Aber was passiert, wenn sie am Ende nicht deinen Erwartungen entspricht? Hoffst du, dass alles ein Irrtum ist? Vielleicht steht am Ende eine noch größere Enttäuschung.«

»Noch schlimmer als jetzt? Kann das sein?«

»Es kann, glaub mir, und wie es kann.« Die Großmutter blickte an Lea vorbei aus dem Fenster. In ihren Gedanken war sie weit weggeflogen. »Der Preis für die Wahrheit ist sehr hoch, manchmal so hoch, dass man wünscht, man hätte sich nie auf die Suche gemacht ... Aber wahrscheinlich ist es für dich schon zu spät, um aufzuhören.«

Und so saßen sie zwei Stunden später im Wohnzimmer von Großmutters Freund Wilhelm und sammelten im Internet an Wilhelms neuem Computer Informationen zur chinesischen Familienpolitik. Großmutter Klara hatte Wilhelm bei einem Seniorencomputerkurs kennen gelernt. Seither besuchten sie gemeinsam Theatervorführungen, fuhren in den Urlaub und tranken zusammen ihren Nachmittagstee.

Wilhelm war begeisterter Internetsurfer, und seit er den

Chatroom entdeckt hatte, hatte er Freunde auf der ganzen Welt gefunden, sogar in China, was jetzt sicherlich hilfreich sein würde.

Schon nach kurzer Zeit stapelten sich Ausdrucke aus dem Computer auf dem kleinen Tisch.

Während Wilhelm weitersuchte, fingen Lea und ihre Großmutter mit dem Lesen an.

»Die Geburt eines Sohnes hebt die Position einer Frau. Erst dadurch bekommt sie eine eigene Persönlichkeit. Sie ist ihrer Bestimmung gerecht geworden, indem sie den Stammhalter geboren und damit für den Fortbestand der Familie und die ordnungsgemäße Verehrung der Ahnen gesorgt hat.« Großmutter Klara zwinkerte heftig mit den Augen, wie sie das immer machte, wenn sie sich über etwas freute oder aufregte. »Na, das ist aber wirklich etwas heftig. Dann hab ich ja bis heute keine eigene Persönlichkeit, weil ich nur zwei Töchter in die Welt gesetzt habe.«

Lea beobachtete die Empörung ihrer Großmutter mit wachsender Zufriedenheit. Wie gut, dass sie hierher gefahren war.

In ihrer Jugend hatte die Großmutter für die Emanzipation der Frau gekämpft, war tagelang auf Demonstrationen gewesen, hatte Sitzstreiks organisiert und war sogar einmal verhaftet worden, als sie mit anderen Frauen den Eingang zu einer Fabrik blockiert hatte, um den Firmenchef zu zwingen auch Frauen einzustellen.

»Sobald wir genauere Informationen haben, werde ich Li einschalten. Der wohnt in Xi'an und kann uns vor Ort unterstützen. Im Standesamt nachsehen oder so, wenn es da so was gibt«, sagte Wilhelm zufrieden.

Er hatte alle seine Ahnen bereits erforscht und ihre Spuren über die Jahrhunderte zurückverfolgt, sodass er sehr zuversichtlich war auch Leas Eltern aufzuspüren.

»Das wäre doch gelacht, wenn wir das nicht schaffen.

Ich hab meinen Urahn durch ganz Europa bis ins 17. Jahrhundert aufgespürt und jetzt geht es nur um 16 Jahre.«

»›Sie ist ihrer Bestimmung gerecht geworden.‹ Die Frau als Gebärmaschine für Söhne. Ich fass es nicht. Ja, wo leben wir denn?« Großmutter Klara konnte sich von diesem Zitat einfach nicht lösen.

»Andere Völker, andere Sitten«, versuchte Wilhelm sie zu besänftigen. »Und niemand, der dich kennt, wird behaupten, du seist keine Persönlichkeit, bei deinem Dickkopf!«

Bei den vielen Einträgen zu diesem Thema dauerte es Stunden, bis sie sich einen Überblick verschafft hatten. Der Stapel mit den ausgedruckten Informationen wuchs und wuchs.

»Also, fassen wir mal zusammen, was wir herausgefunden haben«, meinte Wilhelm schließlich und schaltete den Computer aus.

»Bis 1970 galt jedes neugeborene Kind für den Staat als weiterer Produzent und nicht als Konsument. Es war willkommen. Und dann waren es auf einmal Millionen Menschen, die alle ernährt werden wollten. Das konnten die Bauern nicht schaffen. China konnte seine Bevölkerung nur noch mit Importen aus dem Ausland ernähren. Ist doch logisch, dass es nur eine Lösung für das Problem gab: weniger Nachwuchs an kleinen Chinesen.

Der Staat hat zunächst versucht seine Bürger durch Appelle für die Ein-Kind-Familie zu gewinnen. Das nutzte nichts, denn ›viele Kinder bedeuten viel Glück‹, so lautete die jahrhundertealte Tradition.«

»Und dann haben sie das Gesetz von 1979 gemacht. Ein Ehepaar – ein Kind. Sonst wurde man bestraft. Ganz toll«, fiel Lea ihm ins Wort.

»Und wenn es eine Tochter war, wurde sie getötet, ausgesetzt, lebendig begraben.« Großmutter Klara wirbelte zornig die Blätter durcheinander. »Nun hört euch mal an, was hier steht: chinesisches Sprichwort: ›Eine verheiratete Tochter ist wie verschüttetes Wasser.‹ Mit anderen Worten: Sie ist nutzlos, unbrauchbar, Verschwendung!«

»Und deshalb darf man die Mädchen-Babys ungestraft töten oder in Plastiktüten entsorgen«, ergänzte Lea.

Wilhelm seufzte laut und vernehmlich. »Vielleicht gelingt es euch, sachlich zu bleiben. So was findet niemand gut. Das hat der Staat mit seinen Gesetzen sicher nicht gewollt. Er wollte Leben erhalten, allen Bürgern ausreichend zu essen geben, eine Ausbildung, eine Wohnung, Arbeit. An Kindermord hat der Gesetzgeber nicht gedacht. Er ...«

»Dann hätte er dieses Gesetz nicht machen dürfen!«, fiel ihm Lea ins Wort.

»Genau!«, stimmte Großmutter Klara zu. »Die Leute in der Regierung hätten wissen müssen, was die Folge so eines Gesetzes ist.«

»Ihr habt ja Recht. Aber Fakt ist, dass der chinesische Staat dieses Gesetz gemacht hat. Wollen wir uns jetzt darüber empören oder weitermachen? Ich bin genauso entsetzt wie ihr. 60 000 getötete Mädchen im Jahr! Aber wir suchen schließlich nach Leas Eltern und wollen keine moralischen Vorlesungen halten. Fakt bleibt, dass eine Tochter, die heiratet, den Eltern als Altersversorger verloren geht. Und Fakt bleibt auch, dass damit auf dem Land der Hof ohne Erben dasteht. Wenn ich viele Kinder haben darf, ist die Chance auf einen männlichen Nachfolger größer, bei nur einem Kind liegt die Trefferquote bei 50 : 50.«

Bei dem Wort Trefferquote schleuderte Großmutter Klara Wilhelm ein Sofakissen an den Kopf. »Sieh dich vor, was du sagst. Treffer sind dann wohl nur Jungen? Und beim Mädchen ging der Schuss daneben, oder was?«

Wilhelm fuhr ungerührt fort: »Immerhin wurde das Gesetz ja gelockert. 1982. Da durfte man in bestimmten Fällen, wenn das erste Kind behindert war oder wenn bei

Wiederheirat ein Ehepartner noch kein Kind hatte, einen neuerlichen Versuch starten. Aber auf dem Land kann es 1988, als Lea geboren wurde …«

»Du meinst, meine Eltern wollten unbedingt einen Sohn und haben mich weggegeben, weil sie einen zweiten Versuch starten wollten?«

»Es ist zumindest wahrscheinlich. Wenn sie sehr arm waren, hatten sie das Geld für die Strafgebühr bei einem zweiten Kind nicht. Nun hätten sie dich töten oder nicht registrieren lassen können. Du wärst dein Leben lang eine ›Nichtperson‹ gewesen, keine Schule, keine Krankenversicherung … Stell dir das mal vor: Dich hätte es offiziell nicht gegeben.«

»Wilhelm hat Recht«, meinte die Großmutter. »Sie haben dich verschenkt, damit du eine Chance hast. Ich habe Filme über tibetische Kinder gesehen, die ihre Familien verlassen mussten, um über die Berge in die Fremde zu gehen, damit wenigstens sie eine Chance haben. Und nach dem Krieg in Vietnam wurden Kinder alleine oder mit Verwandten in winzigen Booten übers Meer geschickt. Die Mütter haben sie weggegeben, gerade weil sie sie geliebt haben, weil sie wollten, dass sie leben. Wenn unsere Vermutungen richtig sind, musst du deiner Mutter wohl eher dankbar sein, dass sie dich an die Fremden verschenkt hat.«

»Dankbar? Ich soll auch noch dankbar sein? Entsorgt hat sie mich! In einer Plastiktüte! Ich hasse sie!« Lea rannte aus dem Haus. Die Tür knallte hinter ihr zu.

Die Großmutter sah ihr nach. Als sie ihr hinterhergehen wollte, hielt Wilhelm sie am Arm fest.

»Lass sie. Sie braucht Zeit. Manche Dinge muss man alleine durchstehen. Ich wünschte nur, sie hätte es anders erfahren.«

10

Als Lea am nächsten Morgen in die Küche kam, fand sie ihre Großmutter am Küchentisch sitzend, in das große Buch der Astrologie vertieft.

»Geboren wurdest du im Jahr des Drachen. So viel steht schon mal fest«, sagte sie zur Begrüßung. »Im November 1988 bist du nach Deutschland gekommen. Damals warst du circa drei Monate alt. Das Jahr des Drachen ging vom 17. Februar 1988 bis zum 5. Februar 1989. Eindeutig ein Drachenkind. Das ist schon mal viel wert.« Sie sah Lea an. »Na, was sagst du? Wer im Jahr des Drachen geboren wird, ist vom Schicksal auserwählt. Es ist das Symbol des Kaisers.«

Lea stellte ihre Milch in die Mikrowelle. Sie glaubte nicht an Horoskope und Sternzeichen.

»Dem Jahr 1988 ist das Element Erde zugeordnet. Also bist du ein Erddrache. Mal sehen, was das bedeutet ... Hier ... Der Erddrache ist still, stark und tapfer. Er verliert selten die Geduld, aber wenn man ihn in seiner Würde verletzt, schlägt er sofort zurück. Wer ihm in die Quere kommt, dem fällt der Himmel auf den Kopf.«

»Du solltest mal überprüfen, ob du nicht auch ein Drache bist. Das würde gut passen«, kommentierte Wilhelm, der die letzten Worte mitbekommen hatte.

Großmutter Klara drohte ihm mit dem Finger. »Er ist ein Symbol der Stärke und des Glücks.«

»Sind Mädchen auch vom Schicksal auserwählt? Oder gilt das nur für Jungen?«, fragte Lea.

»Für dich gilt es bestimmt, denn du lebst. Und zwar eigentlich nicht schlecht, oder? Wenn sie dich sehen könnte, wäre deine Mutter in China bestimmt zufrieden.«

Am Abend fuhr Lea begleitet von ihrer Großmutter nach Hause zurück. Sie war froh, dass die Großmutter dabei war, denn ein wenig fürchtete sie sich vor der Begegnung mit ihren Eltern.

»Sie wollen über China nicht reden. Und darum werden sie mir bestimmt nicht helfen. Sie wollen nur vergessen, was damals passiert ist.«

»Keine Sorge, sie werden dir helfen, weil es das Mindeste ist, was sie tun können«, beruhigte sie die Großmutter. »Lea, sie wollten dich schützen, dir nicht wehtun. Darum haben sie das Ganze verschwiegen. Aber jetzt, wo du alles weißt, werden sie dir helfen.«

Und so kam es dann auch. Den ganzen Abend saßen sie zusammen und Lea ließ sich wieder und wieder die Geschichte erzählen, die sie ja schon aus dem Tagebuch kannte. Endlich gab es zwischen ihren Eltern keine verlegenen Blicke mehr, endlich keine abgebrochenen Antworten mehr auf ihre Fragen.

Dann überreichte ihr die Mutter eine kleine Schachtel. Auf Watte gebettet lag dort an einer Silberkette ein Anhänger aus grüner, matt schimmernder Jade. Vorsichtig nahm Lea ihn heraus und strich mit dem Finger über die fein geschnitzte Figur.

»Jade«, sagte die Großmutter. »Das steht für Unsterblichkeit. Und grün ist die Farbe für das Leben und für das Wachsen. Die Jade ist ein Symbol für Barmherzigkeit, Bescheidenheit, Mut, Gerechtigkeit und Weisheit. Für die Chinesen ist es ein sehr kostbarer Stein.«

»Woher kommt er?« Lea schaute ihre Mutter fragend an.

»Nachdem die Frau mir die Tüte in die Hand gedrückt hatte, habe ich dich sofort herausgenommen. Du warst nackt, nur in eine Baumwolldecke eingehüllt. Aber um den Hals trugst du diese Kette mit dem Stein. Wir haben später noch mal versucht die Frau zu finden. Wang, unser Taxifahrer, hatte gelogen, denn er hatte die Frau damals auf dem Markt gefunden. Er hat sie festgehalten und ihr mit der Polizei gedroht. Sie verriet ihm schließlich, in welchem Dorf sie wohnt. Und dann hat Wang Angst bekommen. Er wollte nicht mit hineingezogen werden. Erst kurz bevor wir abfliegen wollten, hat er uns die Wahrheit gesagt und ist auch mit uns in das Dorf gefahren. Aber niemand wusste etwas oder wollte etwas wissen.«

»Und die Frau? Habt ihr sie nicht gesehen?«

»Nein, sie war nicht da oder sie hatte sich versteckt. Sie wollte ja nicht gefunden werden. Und selbst wenn die Leute im Dorf etwas wussten, sie hätten es nie gesagt. Schon gar nicht vor uns Langnasen. Das hätte nicht nur für die Familie, sondern für das ganze Dorf einen Gesichtsverlust bedeutet. In der chinesischen Gesellschaft ist die äußere Harmonie sehr wichtig. Konflikte werden häufig verdrängt, damit die Harmonie nicht gestört wird und niemand sein Gesicht verliert. Hätten wir die Mutter gefunden, hätte sie und ihre Familie und mit ihr die ganze Dorfgemeinschaft ihr Gesicht verloren, und darum hat uns niemand geholfen.«

»Was ist das für ein Tier?« Lea fuhr mit dem Finger vorsichtig die feinen Linien entlang. »Es sieht aus wie ein Vogel.«

»Ein Phönix«, sagte die Großmutter. »Ein Jadephönix. Das Zeichen der Kaiserin. Ein Symbol für Glück und die Gunst des Himmels. In den Fabeln und Märchen auf der ganzen Welt ist er der König der Vögel. Er hat den Kopf eines Goldfasans, den Schnabel eines Papageis, den Körper einer Mandarinente, die Beine eines Kranichs und die Federn eines Pfaus.«

»Die alten Griechen erzählten sich, dass er 500–1000 Jahre alt wird, sich dann selber verbrennt und aus der Asche neu ersteht«, erzählte der Vater.

»Phönix aus der Asche?«

»Genau. Symbol für Auferstehung und Unsterblichkeit. Deine Mutter hat sich so sehr gewünscht, dass du überlebst. Darum hat sie dir dieses Amulett mit dem Jadephönix umgehängt.«

»Warum habt ihr mir nie davon erzählt?«

»Weil wir nicht wussten wie. Ich habe ihr Gesicht gesehen und ihre Augen und ich habe gespürt, wie schwer es ihr fiel, dich wegzugeben. Aber ich war mir nicht sicher, ob du es verstehen würdest.« Die Mutter schaute Lea fragend an, aber die wich ihrem Blick aus. Sie wusste selber nicht, ob sie das jemals verstehen konnte. Sie spielte mit dem Phönix in ihrer Hand. Symbol für Glück und die Gunst des Himmels?

»Der Jadephönix und der Drache«, meinte die Großmutter nachdenklich. »Geballte magische Kraft. Das bedeutet Glück, sehr viel Glück für dich.«

Niemand widersprach ihr. Auch wenn nicht jeder an Glückssymbole und Amulette glaubte, in diesem Moment wünschten sich alle, dass der Jadephönix und der Drache Lea wirklich Glück bringen würden.

Am liebsten hätten Leas Eltern den Jadephönix noch am selben Abend zurück in sein Schmuckkästchen gelegt, wo er schon die letzten 15 Jahre verbracht hatte. Leas Geschichte war erzählt, die Missverständnisse geklärt, jetzt konnte das Leben wie gewohnt weitergehen.

So weit die Pläne der Eltern, die etwas irritiert zusehen mussten, wie Lea sich den Jadephönix um den Hals band. »Es würde ihm nicht gefallen, nutzlos in der Schachtel zu liegen, jetzt, wo er wieder auferstanden ist«, sagte sie. »Außerdem soll er mir helfen sie zu finden.«

»Wen sie?«

»Meine Mutter.«

Während die Eltern sie entsetzt anstarrten, nickte die Großmutter ihr aufmunternd zu.

»Aber warum denn?«, fragte der Vater. »Warum willst du sie suchen?«

»Ich will einfach nur wissen, wer ich bin.«

»Du bist Lea, unsere Tochter.«

»Aber ich bin auch das Kind einer anderen Frau, einer Fremden, von der ich nicht einmal den Namen kenne, nicht weiß, ob sie überhaupt noch lebt. Ich bin in ihrem Bauch gewachsen. Und dann hat sie mich einfach so verschenkt. Sie muss doch Gefühle gehabt haben. Hat sie mich gehasst? Und wenn, dann will ich wissen, was ich ihr getan habe.«

»Wieso sollte sie dich hassen? Du warst nur ein paar Tage alt. Also warum willst du alles wieder aufwühlen? Du bist doch glücklich bei uns, oder?«

»Ja, aber ... darum geht es doch gar nicht.«

»Worum dann? Es ist so lange her. Es hat keine Bedeutung mehr für dein Leben.«

»Woher willst du das wissen? Ich wurde zweimal geboren. Meinen richtigen Geburtstag kenne ich nicht. In meinem Pass steht der Tag, an dem ihr mich bekommen habt. Aber das ist nur mein zweiter Geburtstag. Ich will wissen, was zwischen dem ersten und dem zweiten passiert ist.«

»Sie hat Recht«, mischte sich die Großmutter ein. »Ein Mensch muss wissen, woher er kommt. Sonst fehlt ein Teil von ihm und er findet keinen Frieden. Es kann doch nicht so schwer sein, Leas Mutter zu finden. Wilhelm spürt sogar Leute auf, die seit Jahrhunderten tot sind.«

»Wir haben es damals versucht, aber sie war spurlos verschwunden. Jetzt, nach so vielen Jahren, sind die Chancen noch schlechter«, meinte die Mutter »Der Einzige, der vielleicht etwas mehr weiß, ist der Taxifahrer, aber von dem haben wir seitdem nichts mehr gehört.«

»Wir können es wenigstens versuchen. Versteht ihr denn nicht, dass ich mehr wissen muss?«

»Und dann? Was wird sich ändern in deinem Leben, wenn du es weißt?«, fragte der Vater. »Du wirst weiter zur Schule gehen, Artikel für die Schülerzeitung schreiben, dein Abitur machen, studieren. Alles wird seinen gewohnten Gang gehen, ob du sie nun findest oder nicht.«

»Wir möchten dir doch nur eine Enttäuschung ersparen«, ergänzte die Mutter. »Stell dir mal vor, sie will dich nicht sehen. Auch heute noch nicht. Du bringst doch ihr ganzes Leben durcheinander ohne zu fragen, ob sie das überhaupt will.«

»Sie hat auch mein Leben durcheinander gebracht, als sie mich weggeben hat. Sie konnte nicht wissen, in welcher Familie ich lande. Aber vielleicht wurde sie auch gezwungen mich wegzugeben. Vielleicht freut sie sich und hat all die Jahre gehofft, dass ich zurückkomme.«

»Ach, Lea. Ich fürchte, du verrennst dich da in falsche Erwartungen. Und wenn du nach so vielen Jahren auftauchst – falls wir sie überhaupt finden –, bringst du sie vielleicht in Schwierigkeiten in ihrem Dorf.«

»Das ist mir egal. Ich muss es wissen, egal wie es ausgeht. Warum wollt ihr das nicht verstehen?«

Aber die Einzige, die es verstand, war ihre Großmutter. Sie redete so lange auf ihre Eltern ein, bis sie schließlich einverstanden waren. Vorausgesetzt, sie fanden den Taxifahrer von damals wieder.

Das war aber dann das geringste Problem. Da der Vater seine Unterlagen so penibel sortiert hatte, dauerte es nicht lange, bis er die alte Adresse von Wang in Xi'an herausgesucht hatte. Er fand sogar ein Foto von ihm, das ihn lachend vor seinem Taxi zeigte.

»Das ist der Mann, der uns damals gefahren hat und der die Frau verfolgt hat. Aber das ist 16 Jahre her. Er dürfte jetzt Ende dreißig sein. Wer weiß, ob er überhaupt noch dort lebt.«

»Das werden wir ja sehen.« Wenn Großmutter Klara erst mal von einer Sache überzeugt war, gab es keine Schwierigkeiten, mit denen sie nicht fertig wurde.

Lea musste kichern, als sie sah, wie ihr Vater die Augen verdrehte, aber gehorsam das tat, was seine Schwiegermutter von ihm verlangte.

»Wie seid ihr an ihn gekommen?«

»Er fuhr die Gäste für das Hotel, in dem wir gewohnt haben.«

»War er fest angestellt?«

»Das weiß ich nicht, Frau Oberkommissarin. Wenn man ihn brauchte, sagte man das an der Rezeption, und kurze Zeit später war er da.«

»Die Adresse von dem Hotel?«

»Ich weiß nicht, ob …«

»Dann geh sie suchen.«

Und auch diese Adresse wurde gefunden.

Zufrieden steckte die Großmutter beide Adressen in ihre Handtasche und machte sich am nächsten Morgen auf den Weg nach Hause.

»Mutter, was hast du vor? Willst du etwa nach China fliegen? Das hat doch alles keinen Sinn.« Hanne hatte zu oft erlebt, dass ihre Mutter die unmöglichsten Dinge anstellte, wenn sie sich etwas in den Kopf gesetzt hatte.

»Abwarten. Wozu gibt es das Internet: Wilhelm hat jede Menge Freunde in China.«

»Dein Freund Wilhelm? Ich wusste gar nicht, dass der in China war.«

»War er auch nicht. Heutzutage lernt man die interessanten Leute im Chatroom kennen. Dieser eine Bekannte, Li heißt er, glaub ich, kommt aus Xi'an.«

»Ich denke, wir sollten schon mal für die Flugtickets sparen. Wie ich deine Mutter kenne, kommt sie am nächsten Wochenende wieder und hat bereits mit Wang telefoniert«, meinte der Vater, nachdem er vom Bahnhof zurückkam.

»Wohl eher gechattet oder sie hat ihm eine SMS geschickt. Die alten Leute gehen mit der Zeit«, sagte die Mutter.

So schnell ging es dann aber doch nicht. Es dauerte immerhin noch acht Wochen, bis die Großmutter endlich anrief und sagte: »Gerade ist ein E-Mail von Li gekommen. Er hat den Taxifahrer Wang gefunden. Er fährt immer noch Touristen. An euch hat er sich sofort erinnert, als Li das kleine Mädchen in der Plastiktüte erwähnte. Es kann losgehen.«

An diesem Abend lag Lea in ihrem Bett und konnte nicht einschlafen. »Es kann losgehen«, hatte die Großmutter gesagt.

»Es.« Das war ein Abenteuer zurück in die Vergangenheit, mit ungewissem Ausgang.

Was würde am Ende der Reise stehen? Wenn sie Glück hatte, würde sie ihre Mutter finden und eine Antwort auf die Frage nach dem Warum. Wenn sie Glück hatte, stand am Ende eine Mutter, der es Leid tat, die sie vermisst hatte.

Und wenn am Ende einfach nur eine Wahrheit stand, die ihre schlimmsten Befürchtungen übertreffen würde?

11

Die chinesische Botschaft ließ sich mit dem Ausstellen der Visa viel Zeit, sodass sich jeder auf seine Weise auf die Reise vorbereiten konnte.

Der Vater wollte die Gelegenheit nutzen, um an alte Erfolge anzuknüpfen und einen Bericht über den aktuellen Stand der Ausgrabungen in Xi'an schreiben. Die Mutter belegte einen Chinesischkurs an der Uni zur Aufbesserung ihrer Sprachkenntnisse.

Lea bereitete sich vor, indem sie versuchte nicht an die Reise zu denken. Sie machte einen großen Bogen um alles, das mit China zu tun hatte, was nicht ganz einfach war, da sich zu Hause natürlich alles um die große Reise drehte.

Die Mutter bot ihr mehrfach an, ihr wenigstens einige Grundbegriffe der chinesischen Sprache beizubringen, aber Lea hatte für sich beschlossen, kein Wort dieser Sprache zu lernen.

»Stell dir vor, wir finden deine Mutter. Dann könntest du sie wenigstens auf Chinesisch begrüßen. Das würde sie sicher freuen«, versuchte die Mutter es immer wieder.

»Ich fahre da nicht hin, damit meine Mutter eine Freude hat«, antwortete Lea jedes Mal aufs Neue und jedes Mal ein wenig aggressiver. »Warum verstehst du das nicht? Ich will keine höflichen Gespräche mit ihr führen. Ich will einfach nur wissen, warum sie das gemacht hat. Ich will das nur für mich. Und ich will ihr dabei in die Augen sehen. Ihre Worte kann ein Dolmetscher übersetzen. Und danach will ich sie nie wieder sehen. Dafür brauche ich kein Chinesisch.«

Schrieb sie in dieser Zeit Artikel für die Schülerzeitung, so suchte sie sich Themen, die in Afrika oder Amerika spielten. Ganz Asien war tabu.

Zum Glück war auch Luca auf andere Themen umgeschwenkt und hatte zudem das dringende Bedürfnis, etwas wieder gutzumachen. Und so erschien er auf einer der nächsten Redaktionssitzungen mit einem Bericht über die Einrichtung von Babyklappen in Berlin.

»Leute, können wir nicht das Thema wechseln. Immer nur Babys! Erst in China, jetzt bei uns!«, jammerte Boris.

»Du hast selber gesagt, wir haben richtig gut verkauft wegen der Babys.«

»Jedes Thema läuft sich mal tot«, meinte auch Svenja.

Aber Luca ließ nicht locker.

»Wir dürfen nicht einseitig werden. Unsere Leser denken sonst, so was kann nur in China passieren. Bei uns sollen Babyklappen eingerichtet werden, weil immer wieder Babys in Mülltonnen landen oder vor fremde Häuser gelegt werden. Wir müssen klar machen, dass das auch hier passiert. Nicht in dem Ausmaß, aber wer weiß, wie es bei uns aussehen würde, wenn es ein ähnliches Gesetz gegeben hätte.«

»Hätte ... hätte ... Hätte es niemals gegeben. Weil es bei uns keine Gesetze gibt, die die Freiheit des Einzelnen so einschränken. Chinesen sind eben Massenwesen.« Boris schlug sich erschrocken auf den Mund. Die anderen wechselten erschrockene Blicke. Luca blitzte ihn zornig an.

Aber Lea war mit ihren Gedanken weit weg. Anfangs hatte sie die ganze Diskussion schweigend verfolgt und darauf gewartet, dass sie endlich abstimmen und dann zu anderen Themen übergehen würden. Aber dann, als es kein Ende nehmen wollte, hatte sie ihre Maske aufgesetzt und war davongeflogen, dorthin, wo niemand ihr wehtun konnte.

Als Lea nicht reagierte, fuhr Luca leise fort: »Es ist wichtig, dass wir das richtig stellen. Habt ihr nicht gelesen, dass sie am Wochenende ein Baby tot in einer Plastiktüte im Müll gefunden haben. In der ganzen Stadt suchen sie jetzt nach der Mutter. Bis jetzt leider ohne Erfolg.«

War Boris' Bemerkung noch an ihr vorbeigerauscht, so drangen Lucas Worte »Baby tot in einer Plastiktüte« durch Leas Maske hindurch. Sie schaute ihn entsetzt an, sprang auf und rannte aus dem Raum.

Die verwunderten Blicke ihrer Freunde folgten ihr.

So bekam sie nicht mehr mit, dass Luca ausflippte und zum ersten Mal als Chefredakteur die Nerven verlor und alle anschrie: »Jetzt seht ihr, was ihr angerichtet habt. Alle hacken auf ihr rum, weil ihre Landsleute diese Gesetze gemacht haben.«

Als Lea nicht zurückkam, stimmten sie ohne sie ab. Trotz Lucas Argumenten fand sich keine Mehrheit für seinen Artikel. Vielleicht weil sie wirklich die Nase gestrichen voll hatten von Babys und Morden, egal ob in China oder in Deutschland; vielleicht weil sie Luca mal eins auswischen wollten für so manche unnötig harte Kritik im letzten Jahr.

Und da passierte etwas, was in der Geschichte der Schülerzeitung bis zu diesem Zeitpunkt noch nicht vorgekommen war. Der Chefredakteur Luca machte von seinem Vetorecht Gebrauch. Sein Artikel wurde gedruckt, obwohl die Mehrheit dagegen war.

Das Team der Schülerredaktion stand kurz vor der Auflösung, und dass, obwohl Lucas Artikel ein großer Erfolg wurde. Während die einen den Inhalt seines Artikels diskutierten, rätselten die anderen darüber, warum Luca ihn unbedingt gedruckt haben wollte.

Eins hatte Luca jedenfalls erreicht: Von China und der Ein-Kind-Familie sprach niemand mehr. Und wenn Lea in diesen Tagen über das Schulgelände ging, folgten ihr viele Blicke, die aber eher mit ihrer ungeklärten Beziehung zu Luca als mit ihren schwarzen Haaren zu tun hatten.

Je näher der Abflugtermin rückte, umso aufgeregter wurde Lea. In der Schule hatte sie nur Birte und dem Redaktionsteam davon berichtet und auch ihnen nur die halbe Wahrheit.

»Wir wollen uns die Tonarmee im Original angucken«, hatte sie erzählt. Kein Wort von der Suche nach ihrer Mutter.

Am letzten Schultag vor den Osterferien drückte ihr Luca ein kleines Paket in die Hand. »Er soll dir Glück bringen«, erklärte er etwas verlegen. »Aber erst im Flugzeug auspacken.«

Einige Stunden später saß Lea mit ihren Eltern im Flugzeug nach Beijing. Nach drei Tagen der Eingewöhnung sollte es weiter nach Xi'an gehen, in die Stadt, in der die Eltern Lea vor 16 Jahren auf dem Markt geschenkt bekommen hatten.

Aus Lucas Paket kam ein kleiner grüner Drache zum Vorschein, der sie freundlich angrinste. Um den Hals trug er ein Band mit einem Zettel, auf dem stand: *Man kann das Leben nur rückwärts verstehen, aber leben muss man es vorwärts.*

»Hast du ihm erzählt, dass wir deine Mutter suchen?«, wollte der Vater wissen.

Lea schüttelte den Kopf.

»Und dass dein asiatisches Sternzeichen der Drache ist, hat er auch herausgefunden. Ein kluger Junge, dieser Luca.«

Und anders als beim letzten Mal, als der Vater eine ähnliche Bemerkung über Luca gemacht hatte, wurde sie diesmal nicht wütend. Sie setzte den kleinen Drachen vorsichtig auf den Klapptisch und lächelte ihn liebevoll an.

Nach 16 Stunden setzte das Flugzeug zur Landung an.

Leas erster Eindruck von China war, als sie aus der Flughalle zu dem bereitstehenden Taxi eilten: Es war laut.

Schrille, fremde Stimmen schlugen über ihr zusammen. Auf dem Mond wäre sie sich wahrscheinlich nicht fremder vorgekommen als hier zwischen den unbekannten Lauten und den unverständlichen Zeichen. Stand dort Apotheke oder war es ein Reklameschild für Waschmittel? Alle, selbst ihre Eltern, schienen sich auszukennen, nur sie war hilflos wie ein kleines Kind, das weder sprechen noch lesen, nicht einmal verstehen konnte, was ringsherum geschah.

Für einen Moment bedauerte Lea, dass sie so gar kein Chinesisch verstand. Sie fühlte sich umso fremder, da alle um sie herum annahmen, sie verstünde die Sprache, weil sie aussah wie eine Chinesin. Und jedes Mal, wenn sie angesprochen wurde, musste sie mit den Schultern zucken.

Die Eltern waren froh, nach Jahren wieder in Beijing zu sein. Hier hatten sie fünf Jahre lang gelebt, kannten die Straßen und Plätze. Umso erstaunter registrierten sie die vielen Veränderungen. Ein Land im Aufbruch. Ganze Stadtteile waren abgerissen worden, um modernen Wohnvierteln, Bürohäusern und vierspurigen Straßen Platz zu machen. Der Westen hatte in Form von McDonald's-Restaurants und amerikanischen Kaffeehäusern Einzug gehalten. Eine Veränderung, die vor allem die jungen Chinesen zu begeistern schien. Leas Eltern dagegen trauerten eher dem alten China nach.

Am nächsten Tag führten sie Lea zu all den Orten, an denen sie früher gewesen waren, aber vieles gab es einfach nicht mehr.

»Sie sind dabei, die Seele der Stadt zu zerstören«, meinte der Vater traurig, als sie durch die Hutongs, die alten Gassen Pekings, spazierten. Jetzt wurde ein Hutong nach dem anderen abgerissen, weil man Platz für den Fortschritt brauchte.

Der Vater zeigte auf die weißen Zeichen, die überall auf die Mauern gemalt waren: »›Chai! Abreißen!‹ Die Bewohner werden an den Stadtrand umgesiedelt. Früher haben hier die Beamten, Offiziere und Händler der Kaiserzeit gewohnt. Ein altes Gesetz besagte, dass kein Haus höher als der Thron des Kaisers sein durfte.«

Ein Gewirr aus Wohnhäusern, kleinen Läden und Handwerksbetrieben. Es gab eine Ledergasse, eine Feuerholzstraße und den Dayaba-Hutong, die Riesendummkopfgasse.

Morgens zogen fliegende Händler durch das Viertel, um ihre Teigknödel zu verkaufen. Später kamen die Altpapiersammler und die Kohlehändler. Auf Fahrrädern wurden Waschschüsseln, Decken und heiße Speisen angeboten.

»Weißt du noch«, fragte der Vater, »wie wir hier damals unsere Nudelsuppe zum Frühstück gegessen haben?«

Er war glücklich, als er in einem kleinen Laden neben den westlichen Coladosen noch die alte Jianlibao-Brause entdeckte, die sie früher getrunken hatten. Lea zog nach einem Probeschluck eine Cola vor. Aber es war wohl weniger der Geschmack der chinesischen Brause, der ihre Eltern reizte, als vielmehr die Erinnerungen, die daran klebten.

Und sie konnte auch nichts Romantisches in den engen, ärmlichen Gassen entdecken, die nach Kohl und abgestandenem Wasser rochen. Mitten in Peking der »Tien An Mien«-Platz, auf dem das Mausoleum Mao Tse-tungs, des berühmten chinesischen Revolutionärs und Diktators, stand. Dies war der Schauplatz vieler Demonstrationen für mehr

Demokratie gewesen, die blutig niedergeschlagen wurden.

An der Nordseite stand das »Tor des Himmlischen Friedens«, hinter dem sich die »Verbotene Stadt« erstreckte, in der der Kaiser mit der Kaiserin, den Konkubinen, den Beamten und Eunuchen bis 1918 gelebt hatte. Früher durfte sich niemand aus dem Volk dem Tor nähern, heute strömten die Touristen scharenweise hindurch.

Die Straßen Pekings, ein einziges Gewusel von Menschen zu Fuß, auf Fahrrädern und in Autos. Alles hupte, klingelte, lachte und schimpfte. Ein Höllenlärm, den aber nur Lea als solchen zu empfinden schien.

In Deutschland hatte sich Lea oft wegen ihrer schwarzen Haare und der kleinen Augen fremd gefühlt. Egal wo sie hinging, sie fiel immer auf. Hier zwischen all den Chinesen drehte sich niemand nach ihr um, und wenn, dann wegen ihrer Eltern, die durch ihre Größe aus der Masse der herumeilenden Chinesen herausragten. Und doch fühlte Lea sich fremder als jemals in Deutschland.

Wie hatte Luca gesagt: »Heimat ist da, wo man seine Freunde hat.« Und dies hier war nicht ihre Heimat.

Während Lea neben ihren Eltern im Taxi saß und die berühmte Straße zu den Gräbern der 13 Kaiser aus der Ming-Dynastie entlangfuhr, fragte sie sich, warum sie eigentlich hierher gekommen war. Vor dem Fenster zogen die steinernen Riesenfiguren von Kamelen, Elefanten, Hunden und Löwen vorbei.

Was wollte sie ihrer Mutter sagen, wenn sie sie überhaupt fanden? Was konnte sie ihr sagen? Es gab keine gemeinsame Sprache, in der sie miteinander reden konnten. Ihre Mutter – das war eine fremde Frau, die sie zufällig geboren hatte, mehr nicht. Sie wusste noch nicht einmal, ob diese Frau sie überhaupt sehen wollte.

Wahrscheinlich hatte sie sie längst vergessen, wollte sich

nicht erinnern. Wahrscheinlich wäre es besser, alles so zu lassen, wie es war.

Nach drei Tagen Peking ging es endlich weiter. Nur eine Stunde dauerte der Flug von Beijing nach Xi'an, aber Lea wünschte, er würde nie ein Ende nehmen. Sie hatte Angst vor dem, was dort unten auf sie wartete.

Xi'an, die alte Kaiserstadt, Ausgangspunkt der alten Seidenstraße. Die Stadt war laut, bunt, lebendig. Auf den Straßen wimmelte es von Fahrrädern, auf denen nicht nur Kinder, sondern auch Gänse und ganze Schweine transportiert wurden. Sogar ein Sofa, auf dem eine Frau saß, fand auf dem Rücksitz Platz, allerdings nach beiden Seiten weit überstehend.

»Die Schweine werden vor dem Beginn der Fahrt betäubt, damit sie unterwegs still liegen bleiben«, erklärte der Vater.

»Und wehe, eines wacht vorzeitig auf. Dann ruckelt es so heftig, dass der Fahrradfahrer das Gleichgewicht verliert«, ergänzte die Mutter.

Die Eltern gaben sich Mühe, Lea aufzumuntern, aber es gelang nicht so recht. Auch der Gedanke, dass es vieles gab, über das es sich lohnen würde, in der Schülerzeitung zu berichten, half ihr nicht. Sie hatte nicht einmal einen Fotoapparat oder einen Block dabei. Selbst der berühmte Markt mit seinen exotischen Gerüchen und den farbigen Bildern erreichte nur eines: dass Lea sich noch fremder fühlte.

An langen Holzgestängen aufgereiht leuchteten die roten Chilischoten in der Sonne neben goldgelben Maiskolben. In Jutesäcken und Körben wurden Reis und Gewürze angeboten.

Die Frauen aus den umliegenden Dörfern hockten neben ihrer Ware auf dem Boden. Sie plauderten vergnügt mit ihren Nachbarn, aßen heiße Nudelsuppe und versuchten gleichzeitig, die vorbeischlendernden Menschen zum Kaufen zu überreden.

Laute, fröhliche Stimmen vermischten sich mit schimpfenden, schreienden zu einem unbeschreiblichen Gewirr, das über Lea zusammenschlug.

In einem anderen Gang des Marktes wurden Tiere verkauft. Alle noch lebendig, denn die wenigsten Menschen hier besaßen einen Kühlschrank. Frösche, Schildkröten, Schlangen, Fische, Hühner, Enten und Gänse. Vor den Augen des Käufers wurden die Tiere getötet, damit auch jeder sehen konnte, wie frisch das Fleisch war.

So vermischte sich in Leas Nase der Duft von Kräutern, Tees und exotischen Gewürzen mit dem Gestank von Blut und Eingeweiden.

Im Hotel angekommen fanden sie eine Nachricht von Wang, dem Taxifahrer, vor, der ihnen mitteilte, dass er erst am nächsten Tag Zeit habe. Deshalb beschlossen sie mit einem anderen Taxi zur Grabstätte des ersten Kaisers zu fahren.

»Schließlich hat doch alles mit den Tonfiguren begonnen«, meinte die Mutter, »damals und auch heute. Wenn wir damals nicht hierher gefahren wären, hätten wir Lea nicht bekommen, und wenn Lea nicht zu der Ausstellung gegangen wäre, hätte sie nicht angefangen nachzuforschen.«

»Und das wäre für alle wohl besser gewesen«, dachte Lea, traute sich jedoch nicht, ihre Gedanken auszusprechen. Schließlich war es ihre Idee gewesen, ihre Mutter zu suchen. Ihre Eltern hatten nicht hierher kommen wollen, und wenn die Großmutter nicht so sehr auf sie eingeredet hätte, wären sie wohl nie wieder in diese Gegend gefahren.

Manche Erinnerungen frischt man besser nicht auf.

Zu spät. Sie waren hier und jetzt würden sie das durchstehen. Lea würde ihre Mutter zur Rede stellen, sie fragen, warum sie das getan hatte und ob sie für einen Moment sogar daran gedacht hatte, sie zu ertränken, wie das zehntausende von anderen Müttern getan hatten.

Und dann würde sie zurückfahren nach Deutschland, und China einschließlich ihrer Mutter für immer vergessen.

Noch vor einem halben Jahr wäre sie begeistert gewesen die Tonarmee an ihrem Fundort zu sehen. Jetzt, wo sie in der riesigen Halle 2 vor den Originalkriegern stand, die ihr so vertraut waren, spürte sie nichts mehr von der Begeisterung, die sie damals für diese Beispiele chinesischer Hochkultur erfasst hatte.

»Alles hat zwei Seiten, Lea«, hörte sie die leise Stimme ihrer Mutter neben sich. »Shi Huang Di war sicher ein brutaler Herrscher, aber ihm verdanken wir auch diese Figuren. Schau dir die Menschenmassen an, die aus aller Welt hierher kommen um sie zu bewundern. Beides steht für den Namen Shi Huang Di. Die Leistung der chinesischen Künstler, die diese Soldaten geschaffen haben, wird nicht geringer, weil sie auf Befehl eines brutalen Herrschers erbracht wurde. Die Errichtung der Pyramiden in Ägypten hat auch Tausenden das Leben gekostet.«

12

Der nächste Morgen begann mit einer Enttäuschung. Wang, der Taxifahrer, stand nicht wie verabredet vor dem Hotel und er war auch zwei Stunden später noch nicht aufgetaucht. Im Hotel kannten sie seine Adresse nicht. Wang gehörte nicht mehr zu den Taxifahrern, die normalerweise die Hotelgäste fuhren.

Leas Enttäuschung hielt sich in Grenzen. Sie war sogar ein wenig erleichtert. Vielleicht war das ja ein Wink des Schicksals, nicht weiterzusuchen.

Aber diesmal wollten die Eltern nicht aufgeben. Den ganzen Tag wurde hin und her überlegt.

»Wozu brauchen wir Wang eigentlich? Ihr wart doch schon mal dort. Das Kreuz auf der Karte ist doch das Dorf«, wollte Lea wissen.

»Ich habe das Kreuz erst viel später eingezeichnet. Es zeigt nur die ungefähre Lage. Das Dorf, das deine leibliche Mutter Wang genannt hat, ist viel zu klein um auf irgendeiner Karte zu erscheinen. Ich weiß nicht, ob wir es alleine wiederfinden würden.«

Die entscheidende Idee kam beim abendlichen Telefonat mit Großmutter Klara, die sowieso am liebsten mitgekommen wäre und die Suche von Deutschland aus gespannt verfolgte.

»Wir sollten Li fragen.«

»Wen fragen wir?«, entgegnete der Vater verwirrt.

»Schon vergessen? Li, der Chatpartner von Wilhelm. Der

kennt die ganze Geschichte und hat doch den Taxifahrer für euch gefunden.«

Zwei Tage mussten sie im Hotel warten, bis Wilhelm von Deutschland aus Li informiert hatte und dieser im Hotel erschien.

Ein kleiner Herr mit grauem Haar. Er strahlte über das ganze Gesicht und begrüßte alle in fließendem Englisch. Dann betrachtete er Lea genau.

»Sie sieht aus wie eine von uns«, meinte er.

»Das Äußere täuscht manchmal«, sagte Leas Mutter trocken. »Sie spricht nicht mal Ihre Sprache.«

Herr Li lachte. Er stellte keine weiteren Fragen. Der Datenaustausch von Deutschland nach China hatte anscheinend tadellos funktioniert.

Herr Li führte sie in das enge Gewirr der Gassen der alten Kaiserstadt und blieb vor einem ehemaligen Hofhaus, das schon bessere Zeiten gesehen hatte, stehen. Die dunkelbraune Tür mit den Holzschnitzereien stammte noch aus der Kaiserzeit und auch die alte Frau, die sie interessiert musterte, war ein Überbleibsel aus dieser Zeit.

»Xiao Jiao!«, sagte der Vater und zeigte auf ihre winzig kleinen Füße. »Nur noch ganz alte Frauen haben sie.«

»Zum Glück!«, meinte die Mutter. »Es war eine furchtbare Quälerei für die Mädchen. Man hat ihnen die Füße so eng zugebunden, dass sie nicht richtig wachsen konnten. Sie sind verkrüppelt. Je kleiner, desto besser. Schönheitsideal aus der Kaiserzeit.«

»Mao hat es verboten«, ergänzte Her Li. »Gut so. Diese Frauen hatten Schmerzen und konnten nicht richtig gehen. Meine Großmutter ist ihr Leben lang gehumpelt.«

Er führte sie in einen Innenhof, von dem viele Zimmer abgingen. Zwölf Familien wohnten hier in winzigen Zimmern, die sie durch Anbauten aus alten Brettern erweitert hatten. Vor den Türen standen kleine Gaskocher, auf denen Teewasser kochte. Quer über den Hof hatte jemand eine Wäscheleine gespannt, an der die Scheiben einer Gemüsemelone zum Trocknen aufgehängt waren. In einer Ecke des Hofes hatte sich eine Familie zum abendlichen Essen versammelt. Auf kleinen Hockern saßen sie, die Reisschalen in der Hand und pickten mit den Stäbchen Gemüse und kleine Krabben aus den Schüsseln auf dem Tisch.

Alle sahen neugierig auf, als sie den Hof betraten, dann stand ein Mann auf und kam auf sie zu.

Wang, der Taxifahrer.

Er hatte eine zweitägige Tour mit zwei Journalisten zu den Höhlen von Yalan, wo Mao mit seinen Generälen gelebt und die Revolution in China geplant hatte, dazwischenschieben müssen und war gerade erst zurückgekommen.

Wang strahlte übers ganze Gesicht, als er Jost und Hanne Kaufmann erkannte. Dann betrachtete er Lea interessiert und sagte etwas auf Chinesisch.

Die Mutter legte ihren Arm um Lea und antwortete lächelnd. Dann übersetzte sie: »Wang meint, du bist sehr hübsch geworden. Er ist froh, dass wir dich damals mitgenommen haben.«

Lea schwieg. Sie wusste nicht, ob sie sich freuen sollte.

Sie verließen Xi'an früh am nächsten Morgen in Wangs Taxi und fuhren an riesigen Maisfeldern vorbei. Äpfel, Birnen, Hopfen, Baumwolle und immer wieder Mais.

»Du wunderst dich sicherlich, dass hier kaum Reis angebaut wird«, meinte der Vater zu Lea, die aus dem Fenster schaute ohne wirklich etwas zu sehen.

Mais oder Reis, das war nicht ihr eigentliches Problem.

»Reis gibt es im Norden. Hier wird Mais angebaut«, fuhr ihr Vater mit seinen Erklärungen fort. Doch wahrscheinlich wollte er nur die Stille überbrücken, die sich immer mehr im Wagen ausbreitete.

Lea war mit ihren Gedanken weit weg. Kurz bevor sie in Berlin abgeflogen waren, hatten die Zeitungen über ein Findelkind berichtet. Es war einfach nachts vor eine Haustür gelegt worden. Die Mutter oder der Vater hatten geklingelt und waren dann davongelaufen. Die Familie, die dort wohnte, hatte das Kind ins Krankenhaus gebracht, wo es untersucht und von den Schwestern auf den Namen Paul getauft worden war. Man suchte nun eine Adoptivfamilie für Paul und die Polizei fahndete nach den Eltern. Sie würden bestraft werden.

Ihre Großmutter hatte ihr den Bericht gezeigt und gesagt: »Das gibt es auch bei uns. Sei nicht zu streng mit deiner Mutter. Du weißt nicht, warum sie es getan hat.«

Die Straße führte sie am Ufer eines kleinen Flusses entlang. Fische waren hier neben Gemüse die Hauptnahrung der Bevölkerung. Und so wimmelte es auf dem Wasser von kleinen Booten. Die eigentlichen Fischer aber waren nicht die Menschen, sondern die schwarzen Kormorane. Sie saßen auf den Bootsrändern und beobachteten das Wasser.

Als einer plötzlich aufflog, vergaß selbst Lea für einen Moment ihre Angst und schaute ihm hinterher.

Der Kormoran kreiste kurz über dem Wasser, dann stürzte er sich hinein und kam mit einem Fisch im Schnabel zurück zum Boot. Dort nahm der Fischer ihm den Fisch ab und warf ihn in einen Korb.

»Wieso frisst der Vogel den Fisch nicht?«, fragte Lea.

»Das kann er nicht. Die Fischer binden den Kormoranen den Hals zu. Sie sollen die Fische fangen, nicht selber fressen.«

Weiter ging es durch kleine Ortschaften. Es war noch früh am Morgen. Am Straßenrand saßen Männer und

Frauen auf kleinen Hockern und aßen ihre Nudelsuppe, andere waren auf dem Weg zum Dorfbrunnen um Wasser zu holen. Auf einer Fensterbank lagen Kürbisse sorgfältig gestapelt. Viele Häuser leuchteten in der Sonne. Sie waren geschmückt mit roten und gelben Chilischoten, die dort zum Trocknen aufgehängt waren.

Auf den Seitenstreifen der Landstraße lag der Mais, glänzende gelbe Kolben oder nur die einzelnen Körner, zum Trocknen. Manchmal war es auch Baumwolle oder Paprika oder roter Chili.

»Das kann doch keiner mehr essen, wegen der ganzen Autoabgase!« Das wäre ein Thema für die Schülerzeitung, dachte Lea.

»Bei uns kannst du das natürlich nicht machen. Hier gibt es aber kaum Autos. Und die Straßen sind gute Trockenplätze. In den Dörfern gibt es nur Lehmwege, die noch staubiger sind«, erklärte die Mutter, die froh war, dass Lea nicht mehr nur dasaß und grübelte.

Sie bogen mehrmals ab, die Straßen wurden schmaler, es gab keine Seitenstreifen mehr, auch keinen Asphalt. Nur Lehmstraßen, in denen sich durch den Regen viele mit Wasser gefüllte Löcher gebildet hatten. Es spritzte nach allen Seiten, wenn sie hindurchfuhren. Die Hühner und die spielenden Kinder stoben in alle Richtungen auseinander.

»Jetzt muss gleich das Papiermühlendorf kommen«, sagte der Vater.

Der Weg führte in Schlangenlinien einen steilen Berg hinauf.

Mitten auf dem Dorfplatz hielt das Taxi an. In Lea krampfte sich alles zusammen. Hier also wohnte sie.

Sobald sie ausstiegen, waren sie umringt von Kindern. Anders als in Deutschland aber kümmerten sich die Kinder nicht um Lea. Die sah ja genauso aus wie sie selber. Viel interessanter waren die Eltern mit ihrer hellen Haut und den blonden Haaren. Ein kleiner Junge näherte sich vorsichtig dem Vater und berührte seinen Arm. Er zupfte an den Haaren auf dem Unterarm und rief den anderen Kindern lachend etwas zu.

»Sie sagen, Vater sieht aus wie ein Affe. Sie kennen keine behaarten Menschen«, übersetzte die Mutter grinsend.

Wang redete auf den Vater ein.

»Er meint, dass es hier war. Es hat sich zum Glück nicht viel geändert.«

Zum Glück? Lea hielt den Jadephönix ganz fest in der Hand. Sie sollte ihn bei jeder Familie, die sie befragen wollten, vorzeigen. Irgendjemand musste ihn doch wiedererkennen. Was für ein Glück würde er ihr bringen?

Sie gingen von Haus zu Haus.

800 Millionen Chinesen lebten auf dem Land, meist in ärmlichen Verhältnissen, und auch hier waren die meisten Häuser klein. Steinhäuser mit einem Ziegeldach, im Inneren nur zwei kleine Räume. Der Boden aus gestampftem Lehm. Die älteren Häuser hatten noch Dächer aus Bambus. Dächer mit Löchern, durch die es hindurchregnete.

In der Küche stand der großer Kohleherd, unter dem Fenster die Schlafbank, die auch mit Kohle beheizt wurde. Sie diente als Bett und als Sitz für die Familie und die Besucher. An den Wänden ersetzten alte Zeitungen und Kalenderblätter die Tapete. In einer Ecke der Hausaltar mit den Bildern der verstorbenen Ahnen und der mit Sand gefüllten Schale für die Räucherstäbchen.

Sie wurden in allen Häusern freundlich empfangen, Tee und Gebäck wurden gereicht. Höfliche Begrüßungsfloskeln, Verbeugungen, lächelnde Gesichter.

In diesem Dorf mit seiner alten Papiermühle waren Touristen nichts Ungewöhnliches. In der Gegend war vor Jahrhunderten bereits das erste Papier geschöpft worden und so trafen sich Experten aus der ganzen Welt an der Universität von Xi'an, hielten Vorträge, diskutierten und machten einen Ausflug zu den noch erhaltenen Papiermühlen.

Den Dorfbewohnern war das recht. Brachten die Touristen doch Abwechslung und vor allem Geld in den Ort. Und solange sie glaubten, Lea und ihre Eltern wären Touristen auf der Suche nach den Papiermühlen, waren sie willkommene Gäste. Erst wenn der Vater anfing Fragen zu stellen, änderte sich die Stimmung schlagartig. Aus den Gesichtern verschwand das Lächeln und machte misstrauischen Blicken Platz.

Dies waren keine normalen Touristen, sagten ihre Gesichter nun, dies waren Ausländer, fremde Langnasen mit Fragen, die das Dorfleben durcheinander bringen konnten. Fragen, die einen ungeheuren Gesichtsverlust für das ganze Dorf nach sich ziehen konnten.

»Das ist Lea«, erklärte der Vater in jedem Haus aufs Neue, wenn die Begrüßungen abgeschlossen und die erste Tasse Tee getrunken war, und zeigte auf sie. »Sie ist hier geboren, wahrscheinlich sogar in diesem Dorf. Wir suchen ihre Eltern. Es war im Jahr 1988. Können Sie sich vielleicht erinnern?«

Er hätte besser gefragt: »Wollen Sie sich erinnern?«, dachte Lea und sah in die ausdruckslosen Gesichter. Als hätten sie sich plötzlich eine Maske übergestülpt. Die Antworten auf Chinesisch konnte Lea nicht verstehen, aber die rauen, abweisenden Stimmen sprachen trotzdem Bände.

Immer wenn der Vater nicht mehr weiterkam, öffnete Lea ihre Faust, in der sie den Jadephönix ganz fest umklammert hielt.

Die Chinesen waren verblüfft, für einen Moment interessiert, warfen sich fragende Blicke zu, aber dann schüttelten sie jedes Mal den Kopf.

Einmal huschte ein Zeichen des Erkennens über das Gesicht einer Frau. Sie wollte etwas sagen, doch auf einen

Wink ihres Mannes schloss sie den Mund ganz fest und schüttelte nur den Kopf.

Niemand hatte etwas gehört, niemand hatte etwas gesehen, niemand wusste etwas.

Am Ende des Dorfes stand ein etwas größeres Steinhaus mit einem Ziegeldach, direkt neben der Papiermühle. Ein alter Mann, der vor dem Haus auf einer Bank saß, begrüßte sie freundlich.

Diesmal ging der Vater anders vor. Er nahm den Jadephönix aus Leas Hand und zeigte ihn ohne Kommentar dem alten Mann.

Zuerst schaute der nur verwundert, aber je länger er den Anhänger betrachtete, desto größer wurden seine Augen. Er nahm ihn behutsam in seine Hand, die leicht zitterte, und hielt ihn ganz dicht vor seine Augen. Dann fing er an aufgeregt auf Wang einzureden, so schnell, dass ihr Vater nicht mehr mitkam.

»Er sagt, dass der Phönix so aussieht wie ein altes Familienschmuckstück, das aber seit Jahren verschwunden ist«, erklärte Wang in seinem holprigen Englisch, damit auch Lea es verstand. »Er hat es selber gefunden, auf einem Feld in der Nähe, als er mit den übrigen Dorfbewohnern einen Brunnen aushob. Dabei sind sie auf ein altes Grab gestoßen. Und in einem Tonkrug lag neben den Knochen der Jadephönix.«

»Wann war das?«

»1976. Die Knochen haben sie wieder zurückgelegt, weil sie Angst vor den Geistern der Toten hatten. Aber er hat heimlich den Jadeanhänger mitgenommen und ihn, als sein Sohn später geheiratet hat, seiner Schwiegertochter geschenkt. Sie hat ihn auch immer um den Hals getragen, denn er ist ein Glücksbringer. Aber seit fast 16 Jahren ist er verschwunden.«

»Frag ihn, woher er weiß, dass das sein Jadephönix ist.«

Der alte Mann zeigte auf einen ganz feinen Kratzer, der sich in der Mitte des Phönix befand.

»Das ist beim Ausgraben passiert, sagt er … Er will wissen, woher Sie den Phönix haben.«

Lea hielt die Luft an.

»Sag ihm, wir haben ihn geschenkt bekommen. Vor 16 Jahren.«

Der alte Mann sah verblüfft von einem zum andern. »Geschenkt? Meine Schwiegertochter sagt, sie hat ihn auf dem Feld verloren. Als sie die Chilischoten geerntet hat. Irgendwie hat sich die Kette gelöst … hat sie … gesagt, damals vor 16 Jahren.«

Er drehte sich um und ging ins Haus. In der einen Hand hielt er Leas Jadephönix, mit der anderen winkte er ihnen, ihm zu folgen. Vor Aufregung stolperte Lea und fiel fast auf den Lehmboden. Ihr Vater fing sie auf und gemeinsam betraten sie das Haus.

Als sich ihre Augen an das Halbdunkel gewöhnt hatten, konnte sie die Frau erkennen, die am Herd stand, eingehüllt von dem Dampf, der aus einem großen Topf kam. Ein Junge, vielleicht 14, saß vor dem flimmernden Fernseher und sah neugierig zu ihnen herüber. Am Fenster stand ein Mann in grauer Arbeitskleidung.

Der alte Mann redete mit schnellen Worten auf den jüngeren Mann ein und hielt ihm den Jadeanhänger vors Gesicht. Erkannte er ihn wieder? War es Erschrecken, das über sein Gesicht huschte? Er nahm den Phönix und ging zum Herd, zeigte ihn der Frau.

Und da geschah das, woran Lea schon nicht mehr geglaubt hatte: Die Frau am Feuer riss die Augen weit auf. Aber sie starrte nicht den Phoenix an, sondern Lea.

Entsetzen, Verwunderung, Erkennen.

»Yin Yao?«, fragte sie leise. Ganz langsam, ohne den

Blick von ihr zu wenden, kam sie auf Lea zu. Alle anderen in der Hütte standen da wie gelähmt, bis plötzlich der jüngere Mann aus seiner Erstarrung erwachte, seine Frau packte und zur Seite stieß.

Sie stolperte, fing sich wieder. Mit einem Ruck machte sie sich von ihrem Mann los und kam erneut auf Lea zu. Der alte Mann hielt den jüngeren, der sich auf seine Frau stürzen wollte, zurück.

»Lass sie!«, sagte er in einem Ton, der keinen Widerspruch duldete.

Die Frau nahm Leas Hand und legte den Phönix hinein. »Er gehört ihr. Ich habe ihn ihr geschenkt … damals …«

Bevor sie weitersprechen konnte, hatte sich der jüngere Mann losgerissen und stieß sie diesmal so heftig, dass sie hinfiel und am Boden liegen blieb. Dann kam er auf Lea und ihren Vater zu und drängte sie mit wilden Handbewegungen aus der Hütte.

Draußen stand das halbe Dorf und beobachtete die Szene mit unbewegter Miene. Keiner sprach, keiner regte sich. Sie machten einen schmalen Gang frei, durch den Lea und ihre Eltern und Wang davoneilten. Lea hatte Angst, obwohl niemand sie bedrohte. Sie lief durch die Reihen der Dorfbewohner. Keiner lachte, keiner grüßte. Sie alle hatten Masken auf, um so ihr Dorf vor den Fragen der Langnasen zu schützen.

Durch die leeren Lehmgassen gingen sie Richtung Dorfplatz. Keiner sprach.

Plötzlich kam jemand aus einer Seitengasse. Eine Frau stellte sich ihnen in den Weg. Es war die Frau aus dem Haus. Lea wich erschrocken zurück, doch sie nahm Leas Hände behutsam in ihre. »Yin Yao!«, flüsterte sie immer wieder. Dann strich sie ihr übers Gesicht.

Lea stand wie erstarrt. Weg, nur weg, war ihr erster Gedanke. Sie soll mich nicht anfassen. Aber sie hielt doch ganz still, während ihr die Frau über die Haare strich. Ganz vorsichtig, als hätte sie Angst, Lea würde sich in Luft auflösen oder davonfliegen. Langsam kam sie mit ihrem Gesicht ganz nahe an Lea heran und holte tief Luft, als wollte sie Leas Geruch in sich aufnehmen.

Lea stand da ohne sich zu rühren.

Auf einmal schlug die Frau die Hände über dem Kopf zusammen und fiel vor ihr auf den Boden.

Lea konnte ihr leises Schluchzen hören. Kreidebleich schaute sie auf die Frau hinunter, die ihre Mutter war. Das hatte sie sich so anders vorgestellt. Sie war zornig gewesen, hatte vorgehabt diese Frau zur Rede zu stellen, und jetzt? Sie hob die Hand, um die Frau zu berühren.

Schritte kamen näher, laute Stimmen. Die Dorfbewohner kehrten in ihre Häuser zurück. Hastig stand die Frau auf und verschwand ohne ein Wort zu sagen wieder in der Seitengasse.

Lea starrte ihr hinterher. Dann drehte sie sich wortlos um und ging die Straße weiter, ohne nach rechts oder links zu sehen, so schnell, dass die anderen ihr kaum folgen konnten.

Auf der Rückfahrt nach Xi'an redeten alle aufgeregt durcheinander. Die Eltern und Wang. Sie konnten gar nicht fassen, dass sie tatsächlich Leas Mutter gefunden hatten. Auf Deutsch, Englisch und Chinesisch, in allen drei Sprachen wurde das Erlebte besprochen, kommentiert, Pläne für die nächsten Tage gemacht.

Es dauerte eine Weile, bis ihnen auffiel, dass Lea einfach nur stumm dasaß. Die Worte der anderen erreichten sie nicht, perlten an ihr ab, als wäre sie dick mit Öl eingeschmiert.

»Lea, freust du dich nicht? Wir haben sie gefunden. Das war deine Mutter. Und der jüngere Mann war dein Vater.

Der alte dein Großvater.« Die Mutter legte den Arm um sie.

»Und der Junge dein Bruder. Mensch, Lea, wir haben deine Familie gefunden.« Vor Begeisterung schlug sich der Vater auf die Beine. »Ich muss gleich Großmutter anrufen. Die wird es nicht glauben. Einen Tag suchen wir und schon haben wir sie gefunden.«

Lea schwieg.

»Lea! Was ist los? Freust du dich denn nicht?«

Lea schwieg.

Erst als sie kurz vor dem Hotel waren, fragte sie leise: »Was ist Yin Yao? Sie hat gesagt Yin Yao.«

»Yin Yao?« Der Vater dachte angestrengt nach, aber das Wort kannte er nicht.

Auch die Mutter war ratlos. »Irgendwas mit Jade. Wang, what is Yin Yao?«

Als Wang geantwortet hatte, herrschte für einen Moment Stille im Wagen. Dann übersetzte der Vater: »Yin Yao heißt ›kostbarer Jadeschatz‹. Es ist offensichtlich dein chinesischer Name. Yin Yao … Sie muss dich sehr geliebt haben … trotz allem.«

Für den Rest der Fahrt sprach niemand mehr.

13

Was nun? Das war am nächsten Tag die entscheidende Frage.

»Wir werden noch einmal hinfahren und versuchen mit ihr zu sprechen. Na los, worauf warten wir?«

Für Leas Mutter war die Sache klar und für Lea eigentlich auch. Natürlich würden sie noch einmal hinfahren. Jetzt, wo sie Leas Mutter gefunden hatten, würden sie nicht so einfach aufgeben. Jetzt erst recht nicht!

»Man wird sie nicht mit uns reden lassen«, gab der Vater zu bedenken. »Sobald wir mit dem Taxi ankommen, werden sie uns erkennen. Und dann rennen die ersten Dorfbewohner sofort los, um den Mann zu informieren.«

»Der Mann«, sagte Lea, »ist mein Vater. Denke ich jedenfalls. Ich verstehe nicht, warum er so reagiert. Er will nichts mit mir zu tun haben. Warum? Was habe ich ihm getan?«

»Er hat Angst. Es war nie erlaubt, Kinder zu töten oder sie zu verkaufen. Er fürchtet wahrscheinlich, dass unsere Fragen die örtliche Polizei aufmerksam machen. Dass nachgeforscht und das Geheimnis nach so vielen Jahren aufgedeckt wird. Vielleicht würde die Familie bestraft werden Auf jeden Fall bedeutet es einen ungeheuren Gesichtsverlust für die Familie und auch für das ganze Dorf.«

»Gesichtsverlust! Das ist ja auch ungeheuer wichtig! Jeder macht sich mal lächerlich. Was ist daran so schlimm? Er ist einfach feige oder er hat mich vergessen«, sagte Lea verächtlich.

»Das Gesicht zu verlieren ist für die Chinesen mehr als sich lächerlich zu machen. Es bedeutet, seine Würde zu verlieren, den Respekt der Menschen, die einem etwas bedeuten. Und das ist wichtig in einem Land, in dem das Leben nach wie vor hierarchisch organisiert ist.«

Die Mutter legte den Arm um Lea und drückte sie ganz fest an sich. »So weh das jetzt auch tut, aber wir wussten doch alle, dass es nur ein Versuch war. Du kannst ihn zu nichts zwingen. Egal was seine Motive sind, er will mit dieser Vergangenheit nichts zu tun haben. Das müssen wir akzeptieren.«

»Aber sie hat mich nicht vergessen ... sie nicht.«

»Eben«, meinte die Mutter. »Und darum werden wir jetzt nicht einfach aufgeben. Wir haben den weiten Weg nicht gemacht, um gleich nach dem ersten Mal alles hinzuschmeißen. Wir müssen mit deiner Mutter sprechen, ohne dass es ein anderer mitbekommt. Die Frage ist nur wie.«

Nur sehr unwillig stimmte ihr Vater zu. »Ich will dir einfach weitere Enttäuschungen ersparen, Lea. Und ich bin mir sicher, das Ganze wird in einer riesigen Enttäuschung enden.«

»Großmutter sagt, das ist der Preis der Wahrheit.«

»Selbst wenn deine Mutter dich sehen wollte, kann sie sich als Frau nicht über die Befehle ihres Mannes und ihres Schwiegervaters hinwegsetzen. Vieles hat sich in China geändert, aber nicht die Hierarchie in der Familie, schon gar nicht auf dem Land. Keine Chance für eigene Entscheidungen, schon gar nicht, wenn dadurch die ganze Familie das Gesicht verlieren kann.«

Wieder musste Herr Li weiterhelfen. Ihn kannten die Dorfbewohner nicht. Er würde vielleicht etwas herausfinden.

Und wieder fuhren sie an den Maisfeldern vorbei, an dem kleinen Fluss mit den Kormoranfischern entlang, dann über die Lehmstraßen. Alles war nicht mehr ganz so fremd wie beim ersten Mal und doch war Lea noch aufgeregter.

Kurz vor dem Dorf stieg Herr Li aus. Sie beobachteten, wie er über den Lehmweg davonstapfte, bis er hinter der nächsten Kurve verschwand.

Und dann hieß es warten. Eine Stunde, anderthalb.

Während die Eltern im Taxi sitzen blieben, lief Lea aufgeregt den Weg auf und ab.

»Wo bleibt er denn nur? Wahrscheinlich trinkt er erst mal gemütlich Tee«, schimpfte sie.

Die Mutter grinste. »Das tut er sicherlich. Und dabei erkundigt er sich nach der Gesundheit eines jeden Familienmitgliedes und was die Ziegen so treiben. Der einzige Weg, um in China an Informationen zu kommen.«

Lea seufzte und wartete. Sie war so nahe am Ziel. Und es war besser gelaufen, als erwartet. Ihre leibliche Mutter wollte sie sehen, war sogar hinter ihr hergelaufen. Wahrscheinlich hatte sie sie auch damals gar nicht weggeben wollen.

»Yin Yao!«, sagte sie leise vor sich hin. Der Name gefiel ihr.

Schließlich sahen sie Herrn Li um die Kurve kommen und den Berg heruntereilen. Noch bevor er das erste Wort gesprochen hatte, wussten sie, dass etwas nicht stimmte. Atemlos kam er bei ihnen an, holte tief Luft und stieß hervor: »Sie ist weg!«

»Wie? Weg?«

Fassungslos starrten ihn alle an.

»Sie war doch gestern noch da. Wann kommt sie wieder?«

»Sie ist bei Verwandten«, erklärte Herr Li. »Zumindest sagt das ihr Mann.«

»Bei Verwandten? So plötzlich?«

»Und wann kommt sie zurück?«

»Er sagt, das kann dauern.« Herr Li sah Lea mitleidig an. »Sie wollen ganz offensichtlich nicht, dass deine Mutter dich noch einmal sieht. Darum ist sie weggeschickt worden. Gleich gestern Abend noch. Irgendwohin, in ein Nachbardorf oder eine andere Stadt. Sie kann 10 Kilometer von hier weg sein, es können aber auch hundert sein. Die Familie hat damit gerechnet, dass ihr wiederkommt.«

Auf der Rückfahrt nach Xi'an redete niemand.

Schließlich meinte der Vater: »Wir sollten diese Entscheidung respektieren. Sie haben die Vergangenheit vergessen und möchten, dass es so bleibt. Es ist vielleicht besser so.«

Die Mutter nickte und auch Herr Li fand, dass es das Beste sei, die Suche abzubrechen.

»Lea, was meinst du? Lass uns zurückfliegen. Du hast doch neulich selber gesagt, dass es besser sei, alles so zu lassen, wie es ist. Wenn deine Mutter dich sehen wollte, dann hätte sie irgendeine Möglichkeit gefunden, dir eine Nachricht zu hinterlassen.«

Alles zu lassen, wie es war? – Das wäre vor einigen Tagen noch möglich gewesen. Da hatte sie auch noch geglaubt, dass ihre Mutter sie vergessen hätte, dass sie von ihr in einer Plastiktüte an Fremde weggegeben wurde, weil sie ihr nichts bedeutete. Aber einem Menschen, der einem nichts bedeutet, gibt man keinen Namen. »Yin Yao«, hatte ihre Mutter sie genannt. Und darum konnte es Lea heute nicht mehr dabei belassen, wie es war.

»Ich bleibe hier. Ich werde sie weiter suchen. Ich habe sie einmal gefunden, ich werde es auch ein zweites Mal schaffen.«

Ihre Worte schwebten durchs Taxi. Für Sekunden war es totenstill. Die Mutter fand als Erste die Sprache wieder.

»Kind, wie willst du das denn anstellen? Wo willst du suchen? Du kannst doch nicht einmal die Sprache.«

»Lea, so traurig es ist: Es ist aussichtslos.«

Lea schwieg.

Die Mutter drehte sich zu Herrn Li um, der hinten im Wagen neben Lea saß. »Herr Li, sagen Sie ihr, dass es keinen Sinn hat. Sie haben doch selber gesagt, die Mutter kann überall und nirgends sein.«

Herr Li hatte Lea die ganze Zeit schweigend beobachtet. Jetzt sagte er leise: »›Nicht zu bekommen, was man will, ist manchmal ein großer Glücksfall‹, sagt ein altes Sprichwort. Bist du ganz sicher, dass du deine Mutter noch einmal sehen willst? Es kann sein, dass sie dich nicht mehr sehen will. Dass auch sie Angst vor Schwierigkeiten hat. Und dann? Vielleicht solltest du es wirklich so lassen, wie es ist.«

Lea sah durch ihn hindurch in die dunkle Nacht. Auf ihrer Haut spürte sie noch die Hand der fremden Frau, die ihre Mutter war. Sie streichelte ihr Gesicht, ihre Haare …

»Lea möchte zurückfliegen, Yin Yao muss weitersuchen«, sagte sie leise.

Wieder schwebten ihre Worte durch das Taxi und diesmal unterbrach niemand das Schweigen.

14

Als sie sich im Hotel von Herrn Li verabschieden wollten, bestand der auf einmal darauf, alle zu einem Abschiedsessen einzuladen. Er führte sie in die Altstadt von Xi'an in eine kleine Seitengasse, abseits der Restaurants, in denen die Touristen zu essen pflegten. Eine Holztür mit feinen Schnitzereien führte in einen schmucklosen Raum, an dessen Tischen nur Einheimische saßen.

Der Restaurantbesitzer kam höchstpersönlich, um Herrn Li, der hier offenbar Stammgast war, zu begrüßen und zu einem Tisch zu führen.

Bei Wachtelsuppe und den anschließenden Frühlingsrollen erzählte Herr Li, dass er bis 1968 als Professor für alte chinesische Geschichte gearbeitet habe. Dann kam die Kulturrevolution und mit ihr der Hass der Kommunisten auf alle, die studiert hatten. Ärzte, Lehrer, Professoren, sie alle waren auf einmal verdächtig, weil sie von Berufs wegen zu viel nachdachten.

»Denkende Menschen werden von nicht demokratischen Staaten immer als eine Bedrohung angesehen. Das war unter Hitler nicht anders«, ergänzte Leas Vater.

»In China hat es, wie anderswo auch, immer wieder solche Zeiten gegeben. Auch zur Kaiserzeit war Kritik unerwünscht und konnte sogar mit dem Tod bestraft werden.«

»Der erste Kaiser hat sogar Bücher verbrennen lassen«, sagte Lea.

»Alles Zeichen von Schwäche. Ein starker Herrscher

muss keine Angst vor Kritik haben, denn er überzeugt durch sein Handeln.«

»Aber das, was unter Mao Tse-tung passiert ist, war beispiellos. Ein ganzes Volk wurde gegen die Intellektuellen aufgehetzt. Kinder haben ihre Eltern verraten und ins Gefängnis gebracht. Meine Familie hat mich wochenlang versteckt, aber ein Nachbar hat mich verraten. Drei Jahre haben sie mich ins Gefängnis gesteckt. Einfach nur, weil ich zu den denkenden Menschen gehörte.«

Man konnte Herrn Li ansehen, wie furchtbar allein die Erinnerung an diese Zeit war.

Er holte tief Luft und meinte: »Ich habe es überlebt im Vergleich zu Tausenden, die in dieser Zeit umgekommen sind. Und heute bin ich glücklich mit meiner Familie. Es ist nicht wichtig, was das Leben mit dir macht. ›Was du mit dem anfängst, was das Leben mit dir macht, das allein zählt‹, sagt man bei uns in China …«

»Ein sehr weiser Spruch … Stoßen wir auf die Zukunft Chinas an. Dass sich solche Zeiten nicht wiederholen.« Der Vater hob sein Glas.

»Lea kann bei meiner Familie wohnen. Ich werde ihr bei der Suche helfen.«

Das Angebot von Herrn Li kam so unerwartet, dass der Vater sich verschluckte und Lea und ihre Mutter Herrn Li nur verwundert anstarren konnten.

»Aber das … geht doch nicht … Ich meine … Wie kommen Sie jetzt darauf … warum …?«, fragte die Mutter.

»Als ich aus dem Gefängnis entlassen wurde, war meine Familie in alle Winde zerstreut. Meine Eltern tot. Meine Frau war zu Verwandten aufs Dorf geflohen. Meine Tochter und mein Sohn mussten irgendwo auf den Feldern bei der Ernte helfen. Monatelang habe ich sie gesucht. Und wie oft wollte ich aufgeben. Heute bin ich froh darüber, dass es immer wieder Menschen gegeben hat, die mir Mut gemacht haben. Warum, glauben Sie, habe ich Ihnen geholfen? Als Wilhelm mir sagte, dass Lea ihre Mutter sucht, kam die Erinnerung an meine eigene Suche zurück. Außerdem sagt man bei uns, dass man Menschen, die einen Jadephönix besitzen, helfen muss. Das bringt Glück. Auf Yin Yao!« Er erhob sein Glas und zwinkerte dabei Lea zu.

Das Menü, zu dem Herr Li die Familie Kaufmann eingeladen hatte, bestand aus insgesamt acht Gängen. Von Schweinefleisch süß-sauer, über Krabben und andere Meeresfrüchte bis zum Huhn in Ingwersoße und knuspriger Ente.

Beim dritten Gang erschien Herrn Lis Frau, die er durch einen Boten hatte holen lassen. Sie war noch kleiner als er und genauso lebhaft.

Als sie beim Nachtisch angekommen waren, hatten sie das Gefühl, sich schon eine Ewigkeit zu kennen, und so waren Leas Eltern endlich einverstanden. Da sie selber nicht länger bleiben konnten, weil sie unaufschiebbare Termine in Deutschland hatten, sollte wenigstens Lea die verbleibenden zehn Tage bis zum Schulanfang in der Familie Li verbringen und einen letzten Versuch starten, ihre leibliche Mutter noch einmal zu sehen.

Am nächsten Tag wurden Leas Koffer vom Hotel in das Haus der Lis gebracht und am Nachmittag flogen ihre Eltern nach Deutschland zurück.

War die Chinareise für Lea an sich schon ein Abenteuer, so konnte man das von den nächsten zehn Tagen erst recht sagen. Das Leben in einer chinesischen Großfamilie unterschied sich doch sehr von dem einer 3-Personen-Familie in Deutschland.

Herr und Frau Li lebten mit ihrem Sohn Hung und dessen Frau und ihrem Enkelsohn in einer Dreizimmerwohnung in der Altstadt von Xi'an. Was Lea als sehr klein für fünf Personen empfand, war für normale chinesische Verhältnisse groß.

Das Haus, in dem die Familie Li ihre Wohnung hatte, stammte noch aus der Kaiserzeit. Vier Familien lebten in den zwanzig Räumen, die um vier Innenhöfe herum gruppiert waren. Bis 1968 hatte Lis Familie hier alleine gelebt, bis sie vertrieben wurde.

Es war ein großes Glück, dass ein naher Verwandter seit einiger Zeit für die Vergabe der Wohnungen zuständig war und ihnen die Rückkehr in ihr altes Haus ermöglicht hatte, auch wenn sie es nun mit anderen teilen und Miete dafür zahlen mussten.

Vor dem Eingang hielt ein steinerner Drache Wache. Sein Gesicht war abgeschliffen. Das Werk von jugendlichen Rotgardisten, die auf Befehl Maos alles, was an das alte China erinnerte, vernichten sollten: Denkende Menschen, alte Traditionen und die Gesichter von Drachen und Göttern.

»Mao wollte den neuen Menschen erschaffen, der auf Befehl funktionierte. Zum Glück hatte er keinen Erfolg damit. Zwar ist vieles zerstört worden. Aber seit einiger Zeit fangen die Menschen wieder an, in die Tempel zu gehen. In den Häusern gibt es wieder Hausaltäre und die demolierten Denkmäler werden restauriert. Die wichtigen Dinge lassen sich nicht dauerhaft zerstören«, erklärte Herr Li zufrieden und strich dem Drachen liebevoll über den Kopf.

Der Mittelpunkt der Familie war aber eindeutig der kleine Ming, der vierjährige Enkelsohn von Herrn Li. Xiao Huangdi wurde er genannt: kleiner Kaiser. Er war der Stolz der ganzen Familie, was in erster Linie daran lag, dass er ein Junge war und damit der ersehnte Namensträger der Familie.

Außerdem war er das einzige Kind des Sohnes und

würde es wohl auch bleiben. Das lag weniger an den chinesischen Gesetzen, die immer noch die Ein-Kind-Familie propagierten und begünstigten, sondern daran, dass der Sohn und seine Frau keine Kinder mehr wollten.

»Die jungen Leute heute wollen ihr Leben genießen«, erzählte Frau Li und seufzte ein wenig traurig. »Kinder bedeuten Glück, aber natürlich auch Verzicht. In die Disko oder ins Kino gehen und nach der neuesten Mode gekleidet sein, das ist wichtiger geworden, als Kinder großzuziehen.«

»Bald kann man das Ein-Kind-Gesetz abschaffen, zumindest in der Stadt«, ergänzte Herr Li. »Es hat sich von selber erledigt. Konsum statt Kinder. Ich weiß nicht, ob ich das gut finden soll.«

Der kleine Xiao Huangdi jedenfalls schien seine Stellung genau zu kennen. Er war maßlos verwöhnt, bekam, was er sich wünschte.

Lea mochte ihn von der ersten Sekunde an nicht.

Sein Vater, Herrn Lis Sohn, züchtete Singvögel. Überall in und vor der Wohnung standen die Käfige mit den Vögeln: Chinesische Spottdrosseln, Prachtfinken, Wellensittiche und Sonnenvögel, die chinesischen Nachtigallen.

»Viele Händler verkaufen Vögel, die in den Bergen eingefangen werden. Irgendwann gibt es keine mehr, darum züchte ich sie«, erklärte der Sohn. »Wer gut singt oder ein besonders schönes Gefieder hat, wird als Haustier verkauft. Die anderen landen im Kochtopf oder an einem der Grillspieße, die es auf jedem Markt zu kaufen gibt.«

Jeden Morgen zog der Mann mit seinem Karren auf den Vogelmarkt, um die Vögel dort zu verkaufen, und machte ganz gute Geschäfte, denn der Vogelhandel hat in China seit Jahrhunderten Tradition.

»Vögel sind ein Ausdruck von Reichtum und Kultur«, erklärte Herr Li.

Auch er traf sich morgens regelmäßig mit alten Freunden im Park und nahm seinen Lieblingsvogel, einen Sonnenvogel, mit. Er hängte den Käfig in einen großen Baum, wo schon viele andere Käfige hingen. Die Vögel zwitscherten um die Wette, während sich ihre Besitzer stritten, welcher am besten sang und welcher die größte Ausdauer hatte.

»Aber meiner ist der einzige, der schon mal einen Gesangswettbewerb gewonnen hat«, sagte Herr Li stolz und erlaubte nicht einmal dem »kleinen Kaiser«, der sonst alle Wünsche erfüllt bekam, seine Lieblingsnachtigall zu füttern.

Das Leben der ganzen Familie spielte sich rund um die Vögel ab. Das Füttern, das Säubern der Käfige und das Ein- und Auspacken des Marktkarrens, alles wurde gemeinschaftlich erledigt.

Auch Lea fand sich schon am ersten Abend bei der Aufgabe wieder, alle Vogeltränken in den Käfigen mit frischem Wasser zu versorgen. Dass ihr dabei zwei der Vögel aus dem Käfig entwischten, nahm ihr niemand krumm. Alle beteiligten sich unter viel Gelächter am Einfangen.

Zur Begrüßung von Lea kamen am nächsten Tag zum Abendessen auch die anderen Mitglieder der Familie: die beiden Töchter Lis, die beide verheiratet waren und bei den Familien ihrer Männer lebten.

Eine Unzahl von Schüsseln mit Reis, Fleisch und Gemüse standen auf dem großen Tisch. Chinesische und englische Worte schwirrten durch den Raum, es wurde gelacht, die Stäbchen flogen zwischen Schalen und Mündern hin und her und Lea fühlte sich zum ersten Mal, seit sie nach China gekommen war, nicht fremd. Sie war Teil dieser großen Familie geworden.

15

Am nächsten Morgen, als alle das Haus verlassen hatten, setzten sich Herr Li und seine Frau mit Lea zusammen an den runden Tisch und fingen an zu planen.

»Ihr solltet noch einmal in das Dorf fahren und die Nachbarn befragen«, schlug Frau Li vor.

»Keine Chance. Die halten zusammen. Es geht um das Ansehen des Dorfes. Da wird keiner irgendetwas verraten.«

»In dem Dorf ist doch die alte Papiermühle und von Xi'an aus werden Ausflüge dorthin angeboten. Ihr könntet euch einem anschließen. Natürlich nur, wo Chinesen dabei sind. Und dann schaut ihr euch um. Vielleicht hatte die Frau sich ja nur im Haus oder bei den Nachbarn versteckt, als du nach ihr gefragt hast.«

Da keiner eine bessere Idee hatte, fuhren sie schon am nächsten Tag mit dem Bus mit einer kleinen Reisegruppe los. Der Reiseführer kannte Herrn Li und war gerne bereit die beiden nachträglich in seine Gruppe aufzunehmen. Wieder ging es durch die Maisfelder, an den Kormoranfischern vorbei, hinauf zum Dorf.

Herr Li hatte eine bunte Schirmmütze aufgesetzt, die er tief ins Gesicht zog, und Lea ein Kopftuch und eine Sonnenbrille. In der Mitte der Gruppe folgten sie möglichst unauffällig den anderen. Der Führer ging voraus zu der Papiermühle, die sich neben dem Steinhaus befand, in dem Leas leibliche Mutter wohnte. Der alte Mann führte sie durch die Mühle. Da sich in der Reisegruppe auch Amerikaner befanden, übersetzte der Reiseführer die wichtigsten Erklärungen ins Englische.

Seit vor fast zweitausend Jahren Cai Lun das Papier erfunden hatte, gibt es in China solche Papiermühlen, die aus der Rinde des Maulbeerbaumes oder aus Bambusfasern Papierblätter herstellten. Nachdem die Fasern gekocht, zerhackt und in Wasser aufgelöst wurden, werden sie ausgepresst und die Blätter dann zum Trocknen an die Hauswand geklebt.

Die Papiermühle war bereits in der fünften Generation im Besitz der Familie und man sah dem alten Mann an, wie stolz er auf diese Tradition war.

Lea hörte nur mit halbem Ohr zu. Sie betrachtete den alten Mann, der vermutlich ihr Großvater war, genau. Trotz seiner weißen Haare und seines verrunzelten Gesichts wirkte er noch wie ein starker Mann. War er verantwortlich für das, was mit ihr passiert war? Hatte er ihre Mutter gezwungen ihr Baby wegzugeben, weil er einen Nachfolger für die Papiermühle wollte? Und hatte er jetzt ihre Mutter gezwungen wegzugehen?

Auch Herr Li schien sich nicht besonders für die Papierherstellung zu interessieren. Er verschwand sogar für einige Zeit und tauchte erst wieder auf, als die Gruppe zum Bus zurückging.

»Ich habe überall nachgesehen. Keine Spur von ihr. Ich war sogar kurz im Steinhaus. Da war nur dieser Junge. Aber auf alle meine Fragen nach seiner Mutter schüttelte er nur den Kopf und schaute ängstlich zur Tür. Der hatte ganz klare Anweisungen, nichts zu sagen. Tut mir Leid, Lea. Wir müssen uns etwas anderes ausdenken.«

Wieder einmal saß Lea im Auto und fuhr zurück nach Xi'an, ohne auch nur einen Schritt weitergekommen zu sein.

In den darauf folgenden Tagen erwachte Lea jeden Morgen mit neuer Hoffnung, die im Laufe des Tages dahinschmolz wie ein Eisberg in der Sonne. Lea versuchte nicht darüber nachzudenken, aber ganz langsam kroch die Verzweiflung in ihr hoch. Hatte die Mutter sie erneut verlassen? Wollte sie Lea wirklich nicht mehr sehen? Und wenn sie sie doch sehen wollte, warum hatte sie dann nicht Kontakt mit ihr aufgenommen?

Herr Li legte tröstend den Arm um sie. »Nicht aufgeben, Lea. Wir haben noch mehr als eine Woche Zeit.«

»Warum hat sie es nicht versucht?«

»Seit Jahrhunderten ist in China die Frau den Männern untergeordnet. Ihr Leben lang. Zuerst gehorcht sie ihrem Vater, später dann ihrem Mann und, wenn der stirbt, dem ältesten Sohn. In der Stadt ist diese Regel heute längst aufgebrochen, aber auf dem Lande gilt sie noch. Deine Mutter hat nie gelernt sich gegen die Familie, ihren Schwiegervater oder ihren Mann, aufzulehnen. Sie tut das, was man von ihr erwartet. Sie ist ein großes Risiko eingegangen, als sie euch am ersten Tag gefolgt ist.«

»Aber wie sollen wir sie dann jemals finden?«

»Das weiß ich im Moment noch nicht. Damals, als ich meine Familie gesucht habe, hat es auch immer Momente gegeben, wo ich aufgeben wollte. Eins habe ich damals gelernt: Es gibt immer einen Weg. Nur aufgeben darf man nicht.«

Der Meinung war auch Frau Li. Sie hatte stundenlang in der Küche gestanden und gekocht. »Zuerst wollen wir mal essen. Danach denkt es sich leichter«, sagte sie und stellte die Schälchen mit dem Fleisch und dem Gemüse auf den Tisch.

Das erinnerte Lea sehr an ihre Großmutter und sie fühlte sich ein bisschen wie zu Hause.

»Ihr müsst noch einmal hin«, sagte Frau Li nach dem Essen. »Es gibt keine andere Möglichkeit, als dort mit der Suche anzufangen, wo ihr sie zuletzt gesehen habt.«

»Niemand wird etwas sagen. Mich kennen sie inzwischen. Und Lea auch. So oft kommen keine Fremden in das Dorf, schon gar nicht solche, die Fragen stellen.«

»Dann werde ich fahren. Unser Sohn Hung kann uns begleiten. Er kann sich die Papiermühle anschauen. Und dann nehmen wir noch Ming mit. Eine alte Frau und ein kleines Kind, da reden die Leute eher, vor allem die Frauen. Mir fällt schon was ein, wie ich mit den Nachbarinnen von Leas Mutter ins Gespräch kommen kann. Über ihre Enkelkinder reden sie alle gerne. Oder vielleicht bringe ich ja den Bruder, diesen 14-jährigen Jungen, den ihr im Haus gesehen habt, zum Reden, wo seine Mutter geblieben ist.«

Hung war anfangs nicht begeistert. »Das bedeutet einen Tag ohne Einnahmen. Das kann ich mir nicht leisten«, protestierte er.

Erst als Herr Li ihm versprach, mit Lea auf den Markt zu gehen um Vögel zu verkaufen, war er einverstanden.

Es war schon sehr spät am Abend, als Frau Li mit ihrem Sohn und dem Enkel zurückkehrte. Triumphierend schwenkte sie einen Zettel in der Hand. »Die eine Nachbarin hat geplaudert. Sie muss für die drei Männer, den Vater, den Großvater und den Sohn, mitkochen. Ich habe ihr ein wenig geholfen. Leas Mutter ist bei ihrer Schwester. Das Dorf liegt einen Tagesmarsch von dem Dorf entfernt am Gelben Fluss, kaum eine halbe Stunde mit dem Auto von Xi'an.«

»Was hab ich gesagt?!«, schrie Herr Li begeistert. »Man darf nur nicht aufgeben. Wir haben ihre Spur wiedergefunden. Und morgen wirst du deine Mutter wiedersehen.«

Alle freuten sich für Lea, so als hätten sie selber einen nahe stehenden, lange verlorenen Verwandten wiedergefunden. Nur Lea konnte sich nicht so richtig freuen. Sie hatte ihre Mutter bereits einmal gefunden und sofort wieder verloren. Was, wenn sie morgen auch dort nicht mehr war?

16

Wie eine träge Schlange wand sich der Huang He, der Gelbe Fluss, in seinem Bett. Aber das friedliche Bild täuschte. Jedes Jahr zur Regenzeit wurde er unberechenbar und brachte den Menschen in den Dörfern an seinem Ufer eine reiche Ernte oder den Tod, wenn er alles überschwemmte oder zu anderen Zeiten ganz austrocknete und mit ihm die Felder. Früher glaubten die Chinesen, dass in ihm Geister wohnten, deren Zorn sie besänftigen müssten, auch mit Menschenopfern. Aber der Gelbe Fluss ließ sich nicht zähmen, weder damals noch heute.

Das Dorf, in dem Leas Mutter sich aufhalten sollte, unterschied sich kaum von dem Papiermühlendorf. Straßen aus fest gestampftem Lehm, kleine Steinhäuser mit Bambusdächern, ein Teehaus, in dem sich die Männer nach der Arbeit zum Teetrinken und Kartenspielen trafen.

Vergeblich hielt Lea nach jungen Leuten in Jeans oder im Lederlook Ausschau, so wie sie sie in den Städten gesehen hatte. Dörfer wie dieses, in denen das vom Westen geprägte Leben noch keinen Einzug gehalten hatte, waren Chinas ursprüngliches Gesicht. Frauen, kleine Kinder und alte Männer prägten das Straßenbild. Die meisten Jugendlichen und auch viele Männer waren in die großen Städte, nach Shanghai, Kanton oder in andere Industriestädte an der Küste, abgewandert. Dorthin, wo sie in einem Monat in den Fabriken mehr Geld verdienten als auf den Maisfeldern oder mit den Chilischoten in einem ganzen Jahr. Zu den Festen kamen sie zurück ins Dorf, vergaßen für einige Tage die Einsamkeit in der Großstadt und tauchten wieder ein in eine Welt, in der die Zeit stehen geblieben war.

Mitten im Dorf hielten sie an. Das Auto war sofort umringt von Kindern, die sie anstarrten. Fremde verirrten sich offenbar selten hierher, da es keine Attraktionen für Touristen gab. Aus den Häusern kamen Frauen und ältere Männer, die in einiger Entfernung stehen blieben und herüberschauten.

Genau das hatte Herr Li bezweckt. »Wir müssen Aufsehen erregen«, hatte er gesagt. »Wenn deine Mutter da ist, wird sie uns bestimmt auch bemerken. Und dann liegt es an ihr, ob sie zu uns kommt oder wieder verschwindet. Wir haben auch keine Ahnung, ob nicht ein Onkel oder ein anderer Verwandter den Auftrag hat, auf sie aufzupassen. Wirst du sie überhaupt wiedererkennen?«

Gute Frage. Wohl eher nicht. Lea hatte die Mutter nur im Halbdunkel des Hauses und dann kurz auf der Straße gesehen. Sie sah sich um. Überall fremde Gesichter. Neugierig, freundlich lächelnd. Aber so war es auch in dem anderen Dorf gewesen, bis sie anfingen Fragen zu stellen.

»Wie lange müssen wir hier stehen? Ich meine … wollen wir nicht herumgehen?« Das Stillstehen und Warten war kaum auszuhalten.

»Wo bleibt deine asiatische Ruhe?«, fragte Herr Li und legte beruhigend seine Hand auf ihren Arm.

Asiatische Ruhe! Vor lauter Aufregung stand sie kurz vor dem Explodieren. In dem Punkt war nichts Asiatisches an Lea. Wenn es etwas gab, was sie überhaupt nicht konnte, dann war es, geduldig abzuwarten.

Von hinten wühlte sich ein kleiner Junge durch die Menge, zupfte Herrn Li am Ärmel. Als der sich zu ihm hinunterbeugte, flüsterte der Junge ihm etwas zu. Lea sah, wie ein Strahlen über Herrn Lis Gesicht ging.

»Follow me!«, sagte er zu Lea und ging hinter dem Jungen her. Er führte sie an den Rand des Dorfes zu einem Haus. Vor der Tür stand eine Frau und schaute ihnen erwartungsvoll entgegen.

Enttäuscht blieb Lea stehen. Das war sie nicht!

Aber die Frau winkte ihnen zu, ins Haus zu kommen.

Die Dorfbewohner waren ihnen gefolgt um zu sehen, was die Fremden vorhatten. Im Dorf gab es keine Geheimnisse, durfte es keine geben, und daher sah man eine Menge verblüffter Mienen, als die Frau die Tür vor ihren Nasen schloss.

Im Halbdunkel der Hütte sah Lea eine zweite Frau, die dastand und zu ihnen herübersah. Lea erkannte sie sofort.

Niemand sagte ein Wort.

Männer waren nicht zu sehen.

Die erste Frau zeigte auf die Stühle. Sie setzten sich, sie goss Tee ein. Schweigend schlürften sie den Tee.

Die Frau, die Leas Mutter war, brach das Schweigen schließlich.

»Sie sagt, sie musste gehen«, übersetzte Herr Li. »Sie sagt, ihr Mann und der Schwiegervater wollten, dass sie geht. Ihr Mann hat sie geschlagen. Er hat nicht gewusst, dass du lebst. Sie hat es ihm nie gesagt. Nur ihre Schwester hier hat es gewusst. Zum Glück arbeitet deren Mann zurzeit in Shanghai, sodass sie mit deiner Mutter alleine hier ist. Sonst hätte sie uns nicht ins Haus holen dürfen.«

Als die Frau, die Leas Mutter war, anfing zu weinen, ging Lea zu ihr, hockte sich auf den Boden und legte den Arm um sie.

Langsam, dann immer schneller fing die Frau an zu reden. Wie ein Wasserfall, der endlich das Hindernis überwunden hatte, das seinen Weg versperrte, stürzten die

Worte aus ihr heraus. Lea hielt ihre Hand, während sie erzählte. Lea verstand die Worte nicht, wohl aber wie sehr ihre Mutter unter dem gelitten hatte, was passiert war.

Zwischendurch machte sie eine Pause, damit Herr Li übersetzen konnte: »Die Familie deines Vaters hat vor der Hochzeit viel Geld für deine Mutter bezahlt, obwohl das inzwischen verboten ist. Aber auf dem Land hat sich auch diese Tradition erhalten. Genauso wie die Tatsache, dass die Töchter bei der Heirat in die Familie des Mannes übergehen und den eigenen Eltern dadurch eine Arbeitskraft und ihre Altersversorgung verloren geht. Darum wollen ja alle als Nachwuchs einen Sohn, weil der ihnen bleibt. ›Verheiratete Mädchen sind wie verschüttetes Wasser‹, sagt ein altes chinesisches Sprichwort.«

Lea biss sich auf die Lippen. Über dieses Sprichwort hatte sich schon ihre Großmutter aufgeregt. Aber das war nicht der Moment für bissige Kommentare. Außerdem fing sie an zu begreifen, dass Sprichwörter wie diese nur hier in China auf dem Land zu verstehen waren, wo sie aus der Situation der Menschen entstanden waren. In Deutschland, wo es Altersversorgung, Krankenpflege und Sozialhilfe gab, machten sie keinen Sinn und waren einfach nur Sprüche gegen Frauen.

»Alles in Ordnung?«, fragte Herr Li besorgt.

Lea nickte.

»Nach all dem, was die Schwiegereltern in deine Mutter investiert hatten, wäre es nun ihre Aufgabe gewesen, für männlichen Nachwuchs zu sorgen.«

Bei diesen Worten wünschte sich Lea ihre Großmutter herbei. Was hätte sie jetzt wohl geantwortet? Sicherlich irgendetwas über das Y-Chromosom, für das ja bekannterweise der Mann zuständig war. Aber auch das schluckte sie herunter.

»Das neue Gesetz schrieb vor, dass man nur ein Kind

haben durfte«, fuhr Herr Li fort. »Der andere Sohn der Familie hatte schon ein Mädchen bekommen und so ruhten nun alle Hoffnungen der Familie auf deiner Mutter. Sie brauchten einen Namensträger, denn die Papiermühle sollte auch in der sechsten Generation in der Familie bleiben.

Ihr Schwiegervater hatte dann plötzlich die Idee, dass sie für die Geburt zu ihrer Schwester fahren sollte. Das machten viele schwangere Frauen im Dorf so. Sie fuhren kurz vor der Entbindung zu entfernten Verwandten. Manche kamen glücklich mit einem Sohn zurück, manche kamen ohne Kind wieder und erzählten, das Kind wäre tot geboren worden. Niemand im Dorf konnte das Gegenteil beweisen, niemand wollte das, niemand stellte Fragen.«

Lea hatte Herrn Li atemlos zugehört. Jetzt würde sie endlich erfahren, wie es damals wirklich gewesen war. Gespannt wartete sie, dass ihre leibliche Mutter weitererzählte, aber die zögerte.

Die Schwester goss allen Tee nach.

Erst als Lea ihre Hand ganz fest drückte und ihr zunickte, fing die Mutter wieder an, leise, stockend, ohne den Blick von Lea zu nehmen: »Mein Mann hat mich begleitet, damals. Wir waren zwei Wochen hier im Haus meiner Schwester, als die Wehen einsetzten. Meine Schwester half bei der Geburt. Es war ein Mädchen, nur ein Mädchen. Mein Mann war so enttäuscht, dass er anfing zu weinen. Er sagte: ›Niemand weiß, dass es lebt. Wir können einen zweiten Versuch haben. Niemand weiß es.‹

Er nahm es mir weg und ging davon. Er kam ohne das kleine Bündel zurück und nach einer Woche kehrten wir in unser Dorf zurück.

Ein Jahr später ...«

Je länger Herr Li übersetzte, desto kälter wurde es in Lea. Was erzählte er da? Von welchem Bündel sprach er?

Und wieso sagte sie nicht, dass sie das Kind den Fremden gegeben hatte? Welches Kind überhaupt? Die Eltern hatten nicht erwähnt, dass ein Mann beteiligt war. Sie hatten immer nur von der Frau mit der Plastiktüte gesprochen.

»Von wem redet sie eigentlich?« Lea unterbrach die Übersetzung. »Meine Eltern haben eine ganz andere Geschichte erzählt. Und ich war auch schon ein paar Tage alt, als sie mich weggegeben hat, haben sie gesagt.«

Herr Li zögerte.

»Herr Li, bitte. Ich muss es wissen. Jetzt stimmt gar nichts mehr, was meine Eltern mir erzählt haben. Die ganze Geschichte ist erlogen. Wahrscheinlich ist sie gar nicht meine Mutter.«

»Doch, das ist sie ganz sicher. Denk an den Jadephönix.« Er machte wieder eine Pause. Dann sagte er, jedes Wort abwägend: »Ich fürchte ... ich weiß gar nicht, was ich sagen soll«

Er fiel ins Chinesische und redete auf die Frau, die Leas Mutter war, ein. Sie sagte kein Wort mehr, fing nur bitterlich an zu weinen und zitterte am ganzen Körper.

Lea legte den Arm um sie, drückte sie ganz fest.

»Was haben Sie ihr gesagt? Warum weint sie so furchtbar?«, fragte sie wütend.

Herr Li holte tief Luft. Dann sagte er langsam, so als hätte er Angst, die Worte auszusprechen: »Das Kind, von dem sie erzählt hat, wurde ein Jahr vor dir geboren. Es ist ... war ... deine ältere Schwester ... Sie wurde ... direkt nach der Geburt ... im ... im ... Fluss ...« Er verstummte und versteckte sein Gesicht in den Händen.

Ganz langsam wich Lea von ihrer Mutter zurück. Entsetzt starrte sie auf die bewegungslosen Figuren vor ihr, die dasaßen und ihre Gesichter in den Händen versteckten. Mit einem Ruck riss sie an dem Jadephönix, den sie jetzt immer um den Hals trug. Die Silberkette riss und Lea warf den Phönix so hart auf den Lehmboden, dass ein Stück von seinem einen Flügel abbrach.

Für einen kurzen Moment blieb sie bewegungslos stehen. Dann ging sie Schritt für Schritt aus dem Haus.

Niemand hielt sie auf.

17

Lea rannte und rannte. Ohne Ziel, kreuz und quer durch das Dorf, durch enge Seitengassen, an verwunderten Menschen vorbei, mitten durch eine Herde Gänse, die nach allen Richtungen auseinander stob, bis sie sich auf einmal am Fluss wiederfand. Sie ließ sich auf den Boden fallen und blieb dort reglos liegen.

60 000 getötete Mädchen pro Jahr. Und meine Schwester ist eine von ihnen. Nur weil sie kein Junge war, musste sie sterben. Die Gedanken fuhren in Leas Kopf Karussell. Schneller und immer schneller, bis ihr ganz schwindelig war. Und das alles nur, weil die Eltern eine zweite Chance haben wollten. Ihre Schwester hatte nicht einmal eine einzige gehabt. Im Fluss ertränkt.

Lea saß am Ufer des Gelben Flusses, an dem Fluss, in dem ihre Schwester ertränkt worden war. Sie schaute auf das Wasser, das ruhig dahinfloss. Ein wenig hatte sie wohl bis zuletzt gehofft, dass alles, was sie über die Kindermorde gehört hatte, nur ein böses Gerücht war. Und jetzt war es schreckliche Wirklichkeit. Sie zog ihre Knie an, legte die Arme darum und wiegte sich hin und her. Sie schloss die Augen und träumte sich davon.

Es war schon dunkel, als sie Lea am Fluss fanden. Das halbe Dorf hatte bei der Suche geholfen. Als sie die Menschen näher kommen hörte, stand sie auf und ging ihnen entgegen.

Ein Schwall chinesischer Worte empfing sie. Sie lachten und klopften ihr auf die Schultern. Sie freuten sich, dass ihr nichts passiert war.

Oben auf dem Damm wartete Herr Li. »Wir sollten jetzt besser zurückfahren«, sagte er nur und ging voraus zum Taxi.

Lea war ihm dankbar, dass er auch auf der Fahrt zurück nach Xi'an nicht versuchte mit ihr zu reden. Er saß mit unbeweglichem Gesicht neben dem Taxifahrer und schaute sich nur einige Male nach ihr um.

Sah man ihnen das Schreckliche an?

Auch im Hause Li versuchte niemand das Schweigen zu brechen. Wie der Kokon die Seidenraupe umgab es Lea und schützte sie. Ohne etwas zu essen ging sie in ihr Bett. Durch die dünne Tür hörte sie das Flüstern von Herrn Li und spürte, wie sich das Schweigen auch auf den Rest der Familie legte.

Am nächsten Tag verließ Lea ihr Bett nicht. Zusammengerollt lag sie da, die Augen fest geschlossen, im Arm den kleinen grünen Drachen. Glück sollte er ihr bringen, hatte Luca geschrieben. Und was war dabei herausgekommen?

Es wäre besser, sie könnte immer noch glauben, dass ihre Eltern tot waren, bei einem Unfall ums Leben gekommen. Träumen, dass ihre Eltern sie geliebt hatten und niemals freiwillig weggegeben hätten. Jetzt gab es sogar noch eine Schwester, die sie umgebracht hatten.

Sie versuchte sich nach Hause zu träumen. In ihr Zimmer, zu den Eltern, die diesen Namen verdienten, dorthin, wo das Schreckliche keinen Platz hatte. Vor ihren Augen erschien Birte, die ihr zulächelte, da war Luca, der tröstend den Arm um sie legte. Bilder einer heilen Welt.

Der Preis der Wahrheit? Wie hatte die Großmutter am Anfang der großen Suche gesagt? – Es kann noch schlimmer kommen. Und wie es konnte! Manche Träume erfüllte man sich besser nicht. Träume sollten fliegen, die Wahrheit machte aus ihnen Steine, von denen man erdrückt wurde.

Einfach liegen bleiben. Nie wieder die Augen öffnen müssen. Und je länger sie dalag, desto größer wurde ihre Angst, die Augen zu öffnen. Die Traumbilder würden verschwinden und sie wäre wieder in China.

Sie hörte, wie die Tür ab und zu leise geöffnet wurde. Die Stimme von Herrn Li oder seiner Frau, die ihren Namen flüsterte. Dann entfernten sich die Stimmen wieder.

Dann ging die Tür erneut auf. Schritte. Jemand stieß sie an, murmelte chinesische Worte, kletterte auf ihren Bauch und stieß mit einem Finger gegen ihre Nase. Der Xiao Huangdi.

Ausgerechnet er. Wahrscheinlich hat er sich geärgert, dass er mal nicht im Mittelpunkt steht, dachte Lea.

Eine kleine Hand zog an dem grünen Drachen. Bevor Lea es verhindern konnte, hatte er den Drachen am Schwanz hochgezogen und wirbelte ihn durch die Luft.

»Geh weg, du kleines Monster!«, schrie sie ihn wütend an und schubste ihn so heftig, dass er vom Bett fiel und mit einem Plumps auf dem Boden aufschlug.

Er schrie auf und dann war es ganz still.

Erschrocken beugte Lea sich zu ihm hinunter. Er lag nur still da. Lea sprang aus dem Bett und lief nach draußen in den Innenhof um Hilfe zu holen.

Zusammen mit Frau Li legten sie den Kleinen aufs Bett, tätschelten sein Gesicht.

Der herbeigerufene Arzt vermutete eine leichte Gehirnerschütterung und verordnete Bettruhe.

Lea saß bei ihm, betrachtete sein kleines, blasses Gesicht. Sie schämte sich. Schließlich konnte er ja nichts dafür, dass er ein Junge war. Und auch nicht, dass er ein Einzelkind war und alle ihn so verwöhnten. Sie blieb den ganzen Tag bei ihm sitzen, spielte mit ihm, sang ihm deutsche Kinderlieder vor, baute Türme aus Klötzen und freute sich, wenn er lachte.

Frau Li stand währenddessen in der Küche und kochte seine Lieblingsspeisen.

Die ganze Familie war entsetzt, aber doch auch froh, dass nicht mehr passiert war und der Xiao Huangdi wieder lachen konnte.

Als er am nächsten Tag wieder aufstehen durfte, verfolgte er Lea auf Schritt und Tritt. Wie ein kleiner Hund lief er hinter ihr her und bestand darauf, beim Essen neben ihr zu sitzen. Er machte den Mund auf, damit sie ihn fütterte, was bis dahin seine Mutter oder seine Großmutter getan hatte.

Lea schüttelte den Kopf, drückte ihm seine Stäbchen in die Hand und gab ihm in der Zeichensprache zu verstehen, dass er alleine essen sollte.

Und siehe da, er konnte mindestens so gut mit den Stäbchen umgehen wie sie. Lea klatschte begeistert, als er ein Stück Hühnerfleisch sicher in seinen Mund balanciert hatte, und er strahlte sie an. Es dauerte lange, bis er sein Schälchen leer gegessen hatte. Als seine Großmutter ihm helfen wollte, stieß er ihre Hand beiseite und übte verbissen weiter, bis er auch das letzte Reiskorn alleine geschafft hatte.

»Na bravo!«, lobte Lea ihn. »Geht doch.«

Herr Li war den ganzen Tag unterwegs gewesen, aber erst als der Xiao Huangdi schlafen gegangen war, sagte er: »Ich möchte, dass du mir genau zuhörst, Lea. Auch für mich war das, was ich von deiner Mutter gehört habe, furchtbar. Ich habe in meinem Leben viele schreckliche Dinge erleben müssen, aber das …« Er schluckte und fuhr dann fort: »Wir haben hier in China zu lange die Augen zugemacht. Unser Ziel ist, wie Konfuzius es mal gesagt hat, eine Gesellschaft, die in Eintracht zusammenlebt. Die Wünsche des Einzelnen sind ohne Bedeutung. Darum werden Konflikte verdrängt, alles, was wehtut, beiseite geschoben. Dadurch kann jeder sein Gesicht wahren und der Anschein der Übereinstimmung bleibt gewahrt. Harmonie nennt Konfuzius das ...«

»Nein!«, unterbrach ihn Lea empört. »Das ist nicht die Harmonie, die Konfuzius wollte. Wie kann aus Mord Harmonie entstehen? Konfuzius sagt, das Ziel aller Menschen ist die Mitte. Da, wo sich Trauer, Zorn, Hoffnung, Freude und alle anderen Gefühle noch nicht regen. Von da nimmt alles seinen Ausgang. Der Zustand, wo es all diese Gefühle gibt, aber sie im richtigen Verhältnis zueinander stehen, das nennt er Harmonie. Wenn das Verhältnis stimmt, sagt er, dann sind Himmel und Erde am richtigen Platz und alle Dinge gedeihen.«

Herr Li hatte Leas Ausbruch mit wachsendem Erstaunen verfolgt. »Du überraschst mich«, sagte er schließlich. »Du kennst dich mit Konfuzius besser aus als die meisten Chinesen. Und Recht hast du außerdem. Wir erzeugen eine künstliche Harmonie, indem wir Konflikte nicht zulassen. Echte Harmonie entsteht, wenn man sich den Problemen stellt und trotz der unterschiedlichen Meinungen in Eintracht zusammenleben kann ... Aber du kannst die Menschen nicht ändern. Und was damals passiert ist, kann man nicht rückgängig machen. Ich war bei deinem Vater im Papiermühlendorf. Habe ihm gesagt, dass wir ihm keine Schwierigkeiten machen wollen, dass du zurück nach Deutschland fliegst. Und dass deine Mutter keine Schuld hat, dass du hierher gekommen bist. Ich möchte verhindern, dass er sie noch einmal schlägt. Ich hab ihm gesagt, du hast nur deine Eltern ein Mal sehen wollen. Nur um zu verstehen, was und warum es passiert ist.«

Lea lachte, aber es war ein bitteres Lachen. »Ich will

nichts mehr wissen! Ich habe genug gehört! Und verstehen? Wie konnte ich nur jemals denken, dass man das kann.«

»Das erwartet auch niemand von dir, Lea. Verstehen kann man nur, wenn man zur gleichen Zeit am gleichen Ort unter den gleichen Bedingungen das Gleiche durchmacht und dann eine Entscheidung treffen muss. Nur dann kann man wirklich verstehen. – Glücklich ist deine Mutter bestimmt nicht geworden.«

»Sie hat noch ein Kind, einen Sohn!«, stieß Lea wütend hervor. »Endlich, beim dritten Versuch hat es geklappt. Einen Sohn! Das ist doch alles, was sie wollte. Dafür hat sie eine Tochter umgebracht, die andere an fremde Ausländer verschenkt … in einer Plastiktüte. Sie hat einen Sohn! Einen kleinen Kaiser! Was braucht sie noch für ihr Glück?«

Herr Li schwieg einen Moment. Dann sagte er: »Dass du ihr eines Tages verzeihen kannst.«

»Das wird niemals passieren. Sie hat zugelassen, dass meine Schwester umgebracht wurde. Sie hat mich weggegeben.«

»Nicht verstehen, Lea … verzeihen.«

18

Noch eine Woche bis zum Abflug nach Deutschland. Lustlos hing Lea im Haus der Lis herum. Was sollte sie noch hier? Ihre Reise war eigentlich schon beendet. Sie musste froh sein, dass sie lebte, und der Rest interessierte sie nicht mehr. Ihre Großmutter hatte Recht behalten: Die Wahrheit konnte noch schlimmer sein als alles, was man sich in der Fantasie zusammengereimt hatte.

Aus lauter Langeweile begleitete sie Herrn Li und seinen Sohn auf den Vogelmarkt. Inzwischen kannte sie sich dort und auf dem angrenzenden Gemüsemarkt so gut aus, dass sie sich zumindest nicht mehr verlief.

Sie schlenderte alleine an den Gemüse- und Obstständen vorbei, ließ sich von den Menschenmengen hierhin und dorthin treiben. Alles war ihr seltsam vertraut, selbst ihre Nase hatte sich an den Geruch von Blut und Gedärmen der frisch geschlachteten Tiere gewöhnt.

Die meisten Touristen traf sie auf dem Gewürzmarkt, wo es nach Tausendundeiner Nacht duftete und wo in großen Säcken Schildkrötenpanzer, aufeinander gestapelte getrocknete Eidechsen, getrocknete Schlangen und Seepferdchen verkauft wurden. Gewürze, Medizin, Potenzmittel.

Irgendwo auf diesem Markt hatte ihre leibliche Mutter gestanden und die Touristen beobachtet, die damals noch nicht so zahlreich waren wie heute.

»Stundenlang hat sie die Fremde beobachtet«, hatte Herr

Li ihr erzählt. »Sie ist ihnen gefolgt, hat beobachtet, wie sie miteinander redeten, ob sie freundlich zueinander waren oder sich gegenseitig angifteten. Einmal hatte sie schon ein Paar ausgewählt, aber dann ist die Frau plötzlich gestolpert und der Mann hat sie nicht einmal aufgefangen, sondern nur mit ihr geschimpft. Da ist sie weitergegangen. Deine Eltern hat sie auch lange beobachtet. Sie hat gesehen, dass sie mit dem Taxi da waren, und sich gedacht, das sind reiche Leute. Bei denen würdest du es gut haben … Sie hat gut gewählt.«

Lea hatte schweigend zugehört. Jetzt fielen ihr seine Worte schlagartig ein, als sie eine chinesische Frau sah, die einer Touristin eine Tüte in die Hand drückte. Die Bilder vermischten sich.

Lea sprang dazwischen, riss der Frau die Tüte aus der Hand. Orangen kullerten über den Boden, die Frau und die Touristin schrien empört auf. Chinesische und englische Schimpfwörter prasselten auf Lea ein, die entsetzt die Flucht ergriff. Beinahe hätte sie den Zahnarzt überrannt, der am Straßenrand, von neugierigen Zuschauern umgeben, einem jungen Mann einen Zahn zog.

Für einen Moment glaubte sie im Gewühl ein bekanntes Gesicht zu sehen. Meinte, jemand würde ihr folgen. Aber dann schüttelte sie den Gedanken wie eine lästige Fliege ab. Die chinesischen Gesichter sahen für sie alle gleich aus, sie war noch nicht lange genug in China, um die Unterschiede zu erkennen.

Dabei hatte sie sich nicht getäuscht, wie sich später herausstellte. Kaum war sie mit Herrn Li, seinem Sohn und den Vögeln zu Hause angekommen, klopfte es.

Frau Li öffnete die Tür. Eine Frau stand dort, eine Frau, die Lea sofort erkannte. Sie rannte in ihr Zimmer und knallte die Tür zu, legte sich ins Bett, die Decke fest über den Kopf gezogen.

Irgendwann schlief sie ein.

Am nächsten Morgen erzählte Herr Li beim Frühstück: »Deine Mutter war hier. Sie hat dich auf dem Markt gesehen und ist uns gefolgt. Sie hat das gebracht.« Er legte ihr den Jadephönix neben die Teeschale.

Dort, wo der Flügel beim Aufprall auf den Lehmboden abgebrochen war, sah man jetzt einen hauchdünnen Strich. Der Phönix war sehr sorgfältig geklebt worden. Nur wer wusste, was passiert war, konnte den Bruch erkennen.

»Sie hat sich große Mühe gegeben«, sagte Herr Li.

»Was einmal zerbrochen ist, wird nie wieder heil«, antwortete Lea.

»Manchmal macht eine geheilte Bruchstelle den Gegenstand wertvoller«, sagte Frau Li. Sie nahm Leas Hand und legte den Jadephönix hinein.

Dann schlürften sie die Reissuppe.

Niemand sprach.

»Ich will nach Hause!«

Wenn Herr und Frau Li enttäuscht waren, so ließen sie es sich nicht anmerken. Herr Li machte sich gleich auf den Weg zum Flughafen, um ihren Flug umzubuchen.

Lea sah ihm vom Fenster aus nach. Sie hasste es, wenn sie andere Menschen enttäuschen musste. Vor allem wenn sie sich so viel Mühe mit ihr gegeben hatten wie er. Sie wusste, ohne dass er es ausgesprochen hatte, dass er durch ihre Suche noch einmal seine eigene Vergangenheit erlebt hatte. Und er wollte, dass sie weitermachte, dass sie nicht aufgab. So wie er damals.

Aber das war nicht dasselbe. Herr Li hatte seine ganze Familie verloren, als er im Gefängnis saß. Er war alleine. Sie hatte eine Familie, Eltern in Deutschland, und eine Großmutter, Freunde, Luca, ein Zuhause. Sie brauchte diese Mutter eigentlich nicht. Wie ihr Vater gesagt hatte: Es würde sich nichts ändern, ob die Suche nun erfolgreich war oder nicht.

»Übermorgen. Früher war kein Platz frei«, sagte Herr Li, als er Stunden später zurückkam und ihr das Flugticket überreichte. »Ich war auch noch bei meinem Cousin. Du weißt schon, der mit dem Internetanschluss.« Einmal in der Woche besuchte Herr Li seinen Cousin in dem neuen Hochhausviertel am Rande der Stadt, dort, wo es Fernsehantennen und Computeranschlüsse gab, aber kaum einer seinen Nachbarn kannte. »Deine Großmutter lässt dir Grüße bestellen. ›Ein Drache gibt niemals auf‹, schreibt sie.«

Lea schwieg.

»Bist du dir sicher, dass du sie nicht noch einmal sehen willst? Dich nicht wenigstens verabschieden?«, fragte er.

Lea schüttelte den Kopf. »Warum sollte ich das tun? Damit sie sich besser fühlt?«

»Damit du dich besser fühlst. Du hast mit der Suche nach der Wahrheit angefangen …«

»Jetzt weiß ich sie. Und ich wollte, ich wüsste sie nicht.«

»Kennst du sie wirklich? Du kennst einige Fakten, das ist alles. Besteht die Wahrheit nur aus Fakten?«

»Ich weiß alles, was ich über meine Mutter wissen muss.«

»Es geht doch gar nicht um deine Mutter«, mischte sich da Frau Li ein, die die ganze Zeit schweigend zugehört hatte. »Du suchst deine Geschichte, Lea, nicht ihre. Warum bist du ausgerechnet jetzt gekommen und nicht schon früher?«

»Ich habe geglaubt, meine Eltern sind tot.«

»Es hätte Verwandte geben können. Wenn du früher gebohrt hättest, hätten deine Eltern dir vielleicht schon eher etwas erzählt. Es war nicht wichtig für dich, woher du kommst. Deine Mutter hat erzählt, du wolltest nicht einmal einige Worte Chinesisch lernen.«

Lea schwieg.

»Ich weiß von Wilhelm, dass du für die Schülerzeitung schreibst«, fing Herr Li wieder an. »Sogar sehr erfolgreich ... Als Reporterin hörst du doch auch nicht mitten in einer Geschichte auf.«

»Das ist ganz was anderes.«

»Ja, anders. Weil du über die Erlebnisse anderer Menschen schreibst. Neutral. Als Beobachterin. Mit sehr viel Abstand. Und weil diese Geschichte wehtut. Weil es deine Geschichte ist.«

Lea schwieg.

»Bei uns in China sagt man, dass alles Leben in Kreisen verläuft. Und Frieden findest du nur, wenn du die einzelnen Kreise schließt, nicht wenn du davonläufst und sie halb offen lässt. Lea kann nach Deutschland flüchten. Und Yin Yao? Wo bleibt sie? In China? Wenn du den Anfang und das Ende deiner Geschichte nicht zusammenführst, wirst du keine Ruhe finden ... nie wieder.«

Sie wusste, dass er Recht hatte, und doch dauerte es eine weitere Nacht, bis sie bereit war ihre Mutter noch einmal zu sehen.

Im Dorf der Schwester ihrer Mutter platzten sie mitten in die Vorbereitungen für eine Beerdigung hinein. Der Vater des Dorfvorstehers war plötzlich gestorben. Das normale Leben im Dorf ruhte.

»Bei uns sind die Feiern für die Toten oft prächtiger als die Hochzeiten«, erklärte Herr Li.

»Und ihr feiert ja auch nicht die Geburtstage, sondern den Todestag eines Menschen«, ergänzte Lea. »Trotzdem ist es merkwürdig. Als ob das Leben eines Menschen nicht wichtig ist, nur sein Tod.«

Sie schauten in die leeren Hütten, selbst das Teehaus, wo sonst die alten Männer bei Tee und Kartenspiel zusammensaßen, war verlassen.

Schließlich trafen sie im Vorhof des Dorfvorstehers auf die Männer. Sie saßen auf kleinen Schemeln, tranken Tee und schauten den Verwandten zu, wie sie Getreide in den offenen Sarg zu dem Verstorbenen legten.

Alle trugen lange weiße Gewänder. Weiß, die Farbe der Trauer.

Frauen waren dabei, weiße Tücher in schmale Streifen zu reißen, die sich die Trauernden um die Stirn banden.

Bevor der Sarg geschlossen wurde, legte ein alter Mann ein Büschel Baumwolle unter den Kopf des Toten. Lea schaute Herrn Li fragend an.

»Es ist ein alter Brauch«, sagte Herr Li zögernd. »Nichts von Bedeutung.«

»Das Getreide verstehe ich ja noch. Damit der Tote im Jenseits zu essen hat, aber die Baumwolle? Damit er daraus Kleidung machen kann?«

Herr Li seufzte. »Manchmal wünschte ich, du würdest weniger Fragen stellen. Es ist ein Aberglaube ... Die Baumwolle soll verhindern, dass in der Familie zu viele ... Mädchen geboren werden.«

Lea sah ihn ungläubig an. Dann ging sie ganz nahe an den Sarg heran und betrachtete das friedliche Gesicht des alten Mannes, dessen Kopf auf den Baumwollflocken ruhte. Alte Männer wie er hatten solche Bräuche ins Leben gerufen, vor Jahrhunderten. Weil Mädchen ein Verlustgeschäft für die Familie waren, denn sie gingen nach der Heirat, die Jungen blieben und sorgten für die Eltern. Und weil das so war, seit Jahrhunderten, konnte das Gesetz von der Ein-Kind-Familie eine solche Wirkung haben. Eine einzelne Frau hatte keine Chance gegen die Jahrhunderte. Ihre Mutter hatte sich immerhin beim zweiten Mal auf ihre Art gewehrt, indem sie nicht zuließ, dass eine weitere Tochter getötet wurde. Vielleicht mussten erst die Alten aussterben, damit sich die Bräuche änderten. Vielleicht löste sich das Problem aber auch von ganz alleine, wenn die Jungen, wie die Eltern des kleinen Kaisers, lieber für eine Eigentumswohnung und einen Sommerurlaub sparten als für ein weiteres Kind. Und wenn der Staat gleichzeitig die Versorgung der alten Menschen übernahm, Renten zahlte und Altenheime baute.

Und während sie dastand und das Gesicht des Toten betrachtete, wusste sie, dass die Zeit der alten Männer mit der Baumwolle unter dem Kopf dem Ende zuging.

Sie fanden Leas Mutter in einem Haus, wo sie zusammen mit den Frauen des Dorfes aus Papier symbolische Geldschiffchen faltete. Auch das gab man dem Verstorbenen mit auf den Weg, damit es ihm im Reich der Toten gut ginge.

Während Herr Li ins Teehaus ging, setzte Lea sich auf einen Schemel und beobachtete die Frauen, wie sie leise flüsternd, mit flinken Fingern das Papier falteten. Die Gesichter waren voller Falten, auch das ihrer Mutter. Sie sah aus wie eine alte Frau, obwohl sie nicht viel älter sein konnte als Leas Mutter in Deutschland.

Sie hatte nur einmal kurz aufgeschaut, als Lea das Haus betrat. Ein Leuchten ging über ihr Gesicht, verschwand aber sofort wieder, und seitdem hatte sie nicht mehr aufgeblickt.

Wie viele dieser Frauen hatten ein Kind töten lassen? Wie viele hatten eins gerettet? Wie viele waren verprügelt worden, weil sie ein Mädchen geboren hatten?

Nach einer Weile hielt Lea es nicht mehr aus. Sie stand auf, ging zum Fluss hinunter und kletterte den Hügel hinauf. Dort setzte sie sich ins Gras, zog ihre Füße an und legte ihre Arme darum.

Überall an den Hügeln ringsherum die terrassenförmig angelegten Felder wie mit dem Lineal gezogen. Wie emsige Ameisen wirkten die Menschen, die auf den Feldern arbeiteten. Zu ihren Füßen der Fluss. Jetzt gegen Ende der Trockenzeit führte er von Tag zu Tag weniger Wasser. Er war nicht mehr als ein kleines Rinnsal, das sich, leise dahinplätschernd, zwischen den Steinen hindurch seinen Weg bahnte. Ein friedliches Bild.

Lea konnte sich kaum vorstellen, dass das der gleiche Fluss war, der in der Regenzeit zu einem reißenden Strom wurde, über die Ufer trat, die Felder überschwemmte und alles mit sich riss, was ihm im Weg lag.

Und doch war es auch der Fluss, in dem die Bauern aus dem Dorf so manches Baby ertränkt hatten. Babys, die sterben mussten, weil sie das falsche Geschlecht hatten. Kleine Mädchen, so wie ihre ältere Schwester, die nicht einmal einen Tag alt werden durfte, obwohl sie gesund war.

Lea bemerkte die kleine Gestalt ihrer Mutter schon von weitem. Sie beobachtete, wie ihre Mutter den Hügel heraufkletterte. Eine müde, zu früh gealterte Frau.

Sie setzte sich ein wenig keuchend von der Anstrengung neben Lea ohne sie zu berühren. So saßen sie schweigend beieinander und schauten auf den Fluss, der unberührt sein braunes, lehmiges Wasser vorbeiführte.

Nach einer langen Weile hob Lea den Arm und zeigte auf den Fluss.

»Hier?«, fragte sie leise.

Ihre Mutter schüttelte den Kopf. Obwohl sie das deutsche Wort nicht verstand, ahnte sie instinktiv die Bedeutung. Sie stand auf und stieg den Hügel wieder hinunter. Mit einer Handbewegung deutete sie Lea an, ihr zu folgen.

Hintereinander liefen sie den schmalen Trampelpfad entlang, der dem Lauf des Flusses folgte. Der Weg wurde steinig, sie mussten über große Felsbrocken klettern.

Lea hörte ein Rauschen, das immer lauter wurde. Ein Wasserfall. Von drei Meter Höhe stürzte das Wasser herunter.

Die Mutter kletterte die Böschung empor, bis sie oben an der Stelle standen, wo der Fluss in die Tiefe rauschte. Hier hielt sie plötzlich an. Sie kletterte auf einen Steinbrocken und zeigte auf den Fluss hinunter. Lea stellte sich neben sie. Sie starrte auf das Wasser und versuchte sich vorzustellen, wie die starke Strömung nach der Regenzeit ihre Schwester in den Wasserfall gezogen hatte.

Ein nasses Grab ohne Tonarmee, die sie im Reich der Toten hätte beschützen können, so wie sie auch in ihrem kurzen Leben niemand gehabt hatte, der sie beschützte. Nicht einmal eine Totenfeier hatte es gegeben. Auf dem Altar im Papiermühlendorf hing kein Bild von ihr, niemand zündete Räucherstäbchen an, sie hatte für die Menschen nie existiert.

Mit Tränen in den Augen wandte Lea sich um. Erst jetzt bemerkte sie am Ufer die Büsche mit den weißen Blüten. Der Duft erinnerte sie an die Kamelien im Garten zu Hause. Ein süßer, betäubender Duft. Sie pflückte eine Hand voll und warf sie in den Fluss. Dann holte sie noch mehr Blüten.

Ihre Mutter, die sie zunächst verwundert beobachtet hatte, begann ebenfalls zu pflücken. So pflückten sie eine Blüte nach der anderen, bis der Busch kahl und das Wasser im Fluss mit weißen Blüten übersät war.

Sie tänzelten auf dem Wasser, kippten über den Abgrund und tauchten drei Meter tiefer wieder auf, kleine weiße Boote auf dem Weg ins Jenseits.

Neben sich hörte Lea das leise Weinen der Mutter.

Lea sah sie an. Zum ersten Mal, seit sie gekommen war, ohne Zorn im Bauch. Die weißen Blüten hatten ihn mitgenommen und nur die Trauer zurückgelassen.

Und so standen sie da – nebeneinander, nicht miteinander, aber auch nicht gegeneinander – und schauten den weißen Blüten nach, bis auch die letzte hinter der Flussbiegung verschwunden war.

Anne Holm

Ich bin David

Solange David denken kann, hat er im Lager gelebt. Über seine Herkunft weiß er so wenig wie über die Welt draußen – nur das, was er von anderen Häftlingen erfahren hat. Unvermutet verhilft ihm ein Wärter zur Flucht. Zögernd und vorsichtig bewegt er sich in einer für ihn unbekannten Welt. Doch bald schon entdeckt er ihre Schönheit, lernt seine neue Freiheit zu schätzen und mit dieser umzugehen.

Unerwartete Begegnungen mit Menschen, der Natur und dem alltäglichen Leben geben dem Leser die Chance, Vertrautes und Bekanntes mit Davids Augen neu zu entdecken.

192 Seiten

ISBN 3-8000-2048-3

UEBERREUTER